KB235508

카페에서 책읽기 2

뚜루와 함께 고고쌍~ 베스트컬렉션

카페에서 책읽기 2

초판 1쇄 인쇄 2013년 12월 15일
초판 1쇄 발행 2013년 12월 20일

지은이 | 뚜루
펴낸이 | 김명숙
펴낸곳 | 나무발전소
기　획 | 원미연
디자인 | 이명재

등록 | 2009년 5월 8일(제313-2009-98호)
주소 | 서울시 마포구 합정동 358-3 서정빌딩 7층
이메일 | tpowerstation@hanmail.net
전화 | 02)333-1962
팩스 | 02)333-1961

ISBN 978-89-969378-8-3 03810

＊ 책값은 뒤표지에 있습니다.

뚜루와 함께 고고씽~ 베스트컬렉션

카페에서 책읽기 2

뚜루 지음

나무발전소

요즘 나는 통 독서를 하지 못하고 있다.

'못하고' 있다는 건 읽을 책이
없다는 말이 결코 아니다.
사실 읽을 책은 쌓이고 넘쳐
쓰러지기 직전이니까.

채널만 돌리면 재미있는 프로는
널리고 널렸고 400~500페이지나 되는
책을 읽는 시간에 비하면 TV는
순식간에 흥미거리를 제공한다.

그리고 나는 TV와 책 사이에서 갈등한다.

이럴 게.

책을 놓지 못하고 TV도 끄지 못하고 있는데
〈인간의 조건〉에서 체험 주제를 말한다.
'책 읽으며 살기'

나는 진심으로 놀랐다!

바꾸어 말하면 '책 읽기' 자체가
어려워진 지금 이 시점에서 이런
체험이야말로 '책 읽기'에 흥미가 없는
이들에게는 극한의 체험이 될 것이다.

'책 고르기'에 성공하기까지는
많은 시간과 그보다 많은 책이
자신을 거쳐가고 나서야 비로소
서서히 자신감이 생긴다.

아무튼 '책 읽기'는 TV를 보거나
스마트폰을 하는 것보다는 노력이
필요한 일이 되었다.

그리고 김춘현은 이렇게 말하더라.

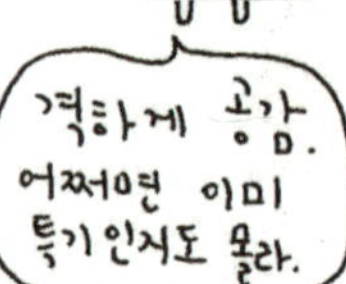

매년 독서인구는 감소하고 출판계는
늘 불황이라는데 독서가 '특기'가
되는 날이 온다면... 이거야말로 놀랄 일.

눈 깜빡하는 1초 만에 많은 것들이
변하는 시대에 '책 읽기'란 과연
어떤 것일까?

꾸준히 쓰는 일기처럼 '책 읽기'가 습관이 된다면 그보다 더 긍정적인 일은 없을 거예요. 그러나... 습관이 문제! 관성처럼 켜지는 TV는 저에게 가장 큰 난관이에요.
하루에 일정한 시간을 정해놓고 읽지는 않지만 '꾸준히' 읽으려 노력하는 중이고 어느덧 '책 읽기'는 내 삶 깊숙이 들어왔다. 그런데...
TV를 보다 내가 궁금해질 수도 있어!
일기를 쓸 때도 잠시 쉬어가는 날이 있듯이 '책 읽기'도 그런 날이 있어요. 그럼... TV도 보는 거죠.
싼값으로 어마어마한 나고를 할 수도 있어!
'꾸준히'라는 습관과 관심만 있다면 '독서만큼 값싼 오락'도 없다고 생각해요.
나를 끌 수 있겠어?

차례

chapter 4

소소하고도 특별한 오늘

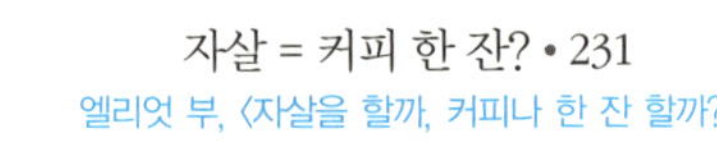

chapter 5

나는 점점 성장하는 중이다

당신의 고민을 들어드립니다

아저씨 김연수의 속살 같은 이야기

김연수, 〈지지 않는다는 말〉

작가의 속살을 들여다 보는 글은
과연 어떤 글일까?
작가가 쓴 소설에서 더 잘 느껴질까?

1 작가가 몇 번을 이혼하고 또다시
결혼을 하건, 현재 누구와 연애 중이며
양다리를 걸치는가는 내게 큰 문제가
되지 않는다.

그러므로 나는 작가의
가십적인 사생활에는 그다지
관심이 없다. 그래서인지 그런 에세이를
읽지 않는다. 그러나 예외는 있다.
자신의 가십거리를 팔지 않고
찰나적인 일상의 순간들을 독특하고
잔잔한 시선으로 담아내는 에세이는
좋지 아니한가!
나는 요즘 그런 에세이를 만났다.
예상치 않게.

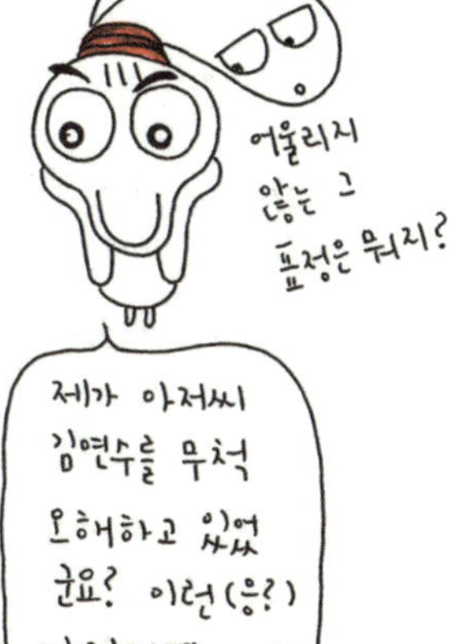

<지지 않는다는 말>

작가 김연수.

그의 소설은 왠지 공부하며 읽어야 할 것처럼
성실함이 빼곡히 들어간 모범생의
모범답안같이 느껴졌었다. 그런데,
지지 않는 아저씨 김연수의 산문집에서
나는 크게 빵, 터졌다!

마흔이 넘은,
타이츠를 입고,
달리기를 하는,
뻔뻔한 아저씨라니, 김연수!

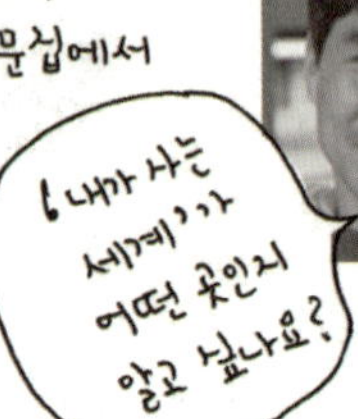

＊ 사진 출처 : 마음의 숲

'끈기 없는 쿨한 귀'를 가지고 수많은
노래를 들으며 '매 순간 새로운 나'로
살아가기를 원하는 아저씨 김연수는... 나다!

특히, 그가 '잠깐 앉아 있는 시간'이라고
말하는 그 시간은 나의 휴식 시간이기도 하다.

"휴식이란 내가 사는 세계가 어떤 곳인지 경험하는
일이라고 생각한다. 바쁜 와중에 잠시 시간을 내서
쉴 때마다 나는 깨닫는다. 나를 둘러싼 반경 10미터 정도,
이게 바로 내가 사는 세계의 전부구나.
어쩌면 내가 사랑하는 사람들 몇 명,
혹은 좋아하는 물건들 몇 개, 물론 세계는 넓고 할 일은 많지만,
잠깐 시간을 내어서 가만히 앉아 있으면 세계가 그렇게 넓을 이유도,
또 할 일이 그렇게 많을 까닭도 없다는 걸 느끼게 된다.
그렇다면 정말 나는 잘 신 셈이다."

무더위가 맹위를 떨치던 그날 2시.
한낮의 카페에서 나는 무심코 고독을 보았다.
'도시에서는 이런 감정을 절대로 느끼지 못한다'는데
문득, 50대를 훌쩍 넘었을 그를 보며
도시에서는 값비싸져 버린 고독을 보았다.
그에게선 마치 아무것도 아니면서 절대적인
익명의 아우라가 느껴진달까?

"고독은 전혀
외롭지 않았다.
고독은 뭐랄까,

나는
영원히
살 수 없는데
이 우주는 영원히
반짝일 것이라는 걸
깨닫는 순간의
감정 같은 것이다."

그리고 또 다른 그에게선 . . .

"혼자서
고독하게
뭔가를 해내는 일은
멋지지만,
다른 사람과 함께
시간을 보내는 일은
결국
우리를 위로할 것이다."

다 읽은 책의 접어놓은 페이지를 다시
곱씹으며 그날의 우울했던 무더위를 이겨냈다.

"그중 내 삶에 가장 큰 영향을 끼친 건 지지 않는다는 말이
반드시 이긴다는 걸 뜻하는 것만은 아니라는 깨달음이었다.
지지 않는다는 건 결승점까지 가면 내게 환호를 보낼
수많은 사람들이 있다는 걸 안다는 뜻이다.
아무도 이기지 않았건만,

나는 누구에게도 지지 않았다.
그 깨달음이 내 인생을 바꿨다."

그리고 지하철 안에서 그날의 문장을 발견했다.

Impossible
is
nothing

아저씨 김연수의 산문집이 기필코, 반드시,
야망을 품고 이기라고만 하는 산문집이었다면
나는 결코 두번 다시 펼치지 않았을 거다.
이기는 것이 아닌 나름의 속도로 '완주' 하라
말하기 때문에 반하고 말았다.
그리고 깨달았다. 그도 나도 우리도 아직은
완주를 목표로 달리고 있는 중임을.
달리다 지치면 쉬어가고 위로받으라고.

나는 잠시 아저씨 김연수에게 위로받고
다시 달릴 준비를 한다. 당신도 위로 받기를…

달리는 아저씨 김연수 때문에
나도 달리고 싶어졌다.

"폭염 속을 달리고 있으면 뜨거운 바람 때문에
숨이 막힌다. 하지만 여름에 할 수 있는
최고의 달리기란 뜨거운 햇살과 서늘한 그늘을
번갈아가며 지나가는 달리기다.
30도가 넘는 낮에 달린 일을 어떻게
잊을 수 있겠는가?
게다가 두 달만 지나도 이제 그런 달리기를 하긴 어려워질 텐데.
최고의 달리기를 하는 건
정말이지 너무나 쉬운 일이다.
그렇다면 최고의 삶도 마찬가지다."

그다지 윤리적이지 않은
그녀에게 홀딱 반했다

김현진, 〈뜨겁게 안녕〉

며칠 전, 초등학교 운동장에서 산책을 할
기회가 있었다. 어쩌다 보니.

그 리 고

세 명의 소년을 보았다.

무척 당당하고 자연스럽게 담배를 손가락에
끼우고 내가 다가오는 모습을 관찰 중이었다. 소년들은!

해서,

딱 봐도 고등학생이었을 소년들은
재수없다는 표정을 숨기지 않은 채,
그러나 의외로 별다른 반항 없이
운동장을 떠났다.
하지만, 담배는 끄지 않았다.

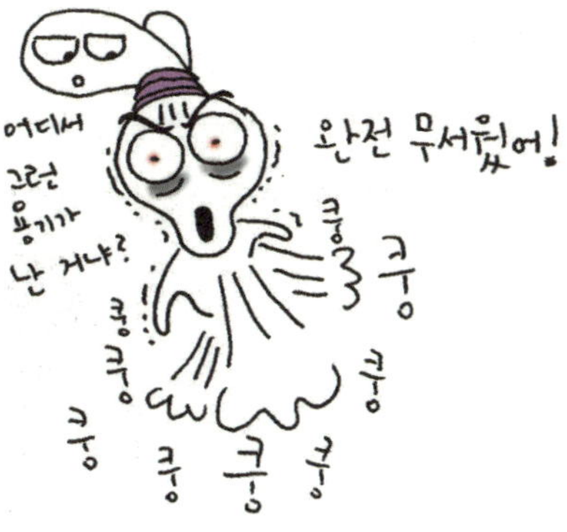

내가 특별히 윤리적이라거나 사회정의에
투철한 인간형이 아닌데도 그날은 어쩐지
목구멍까지 차오르는 오지랖을 참지 못했다.

그러다 우연히 딱 저런 상황에 놓인
전혀 다른 대응법에 나는 눈이 번쩍!

"저기, 저기, 끄지 마세요.
장초를 아깝게…
아니 나는 그냥,
피우지 말라는 게 아니라 그게,
여기 주인아줌마가
우리보고 막 뭐라고 하니까.
꽁초는 좀
도로 가져갔으면 해서."

< 뜨겁게 안녕 >

'그다지 윤리적인 인간이 아니'라는
그녀에게 나는… 홀딱 반했다!

골목에서 담배 피우는 학생들에게
장초 아깝게 끄지 말라는 그녀.
눈 딱 감고 못 본 척하거나,
어쩐지 그런 날이라 훈계하거나,
둘 중 하나의 선택만을 생각했던 내게
그녀의 윤리적이지는 않지만 묘하게
그 골목과 썩 잘 어울리는 남다른 선택에
나는 그녀가 어떤 삶을 살아왔는지 궁금해졌다. 몹시!

'육십만 원 세대 에세이스트 김현진이 전하는
도시의 힘없는 영혼들에 대한 뜨거운 공감'

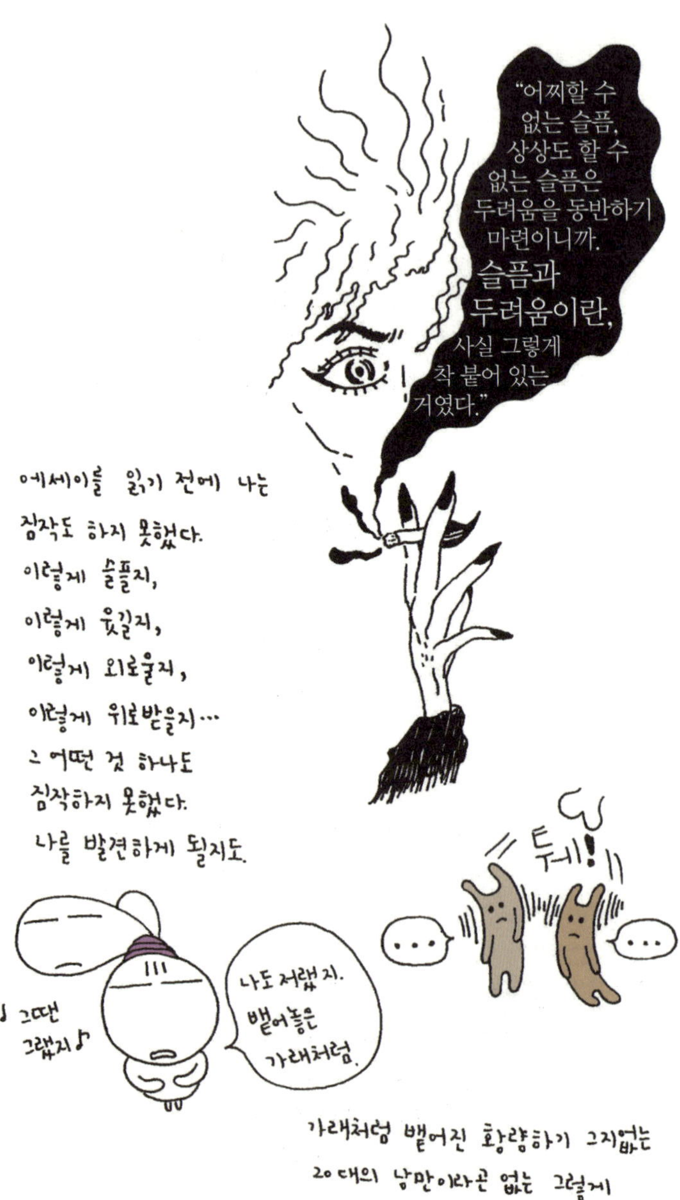

에세이를 읽기 전에 나는
짐작도 하지 못했다.
이렇게 슬플지,
이렇게 웃길지,
이렇게 외로울지,
이렇게 위로받을지…
그 어떤 것 하나도
짐작하지 못했다.
나를 발견하게 될지도.

가래처럼 뱉어진 황량하기 그지없는
20대의 낭만이라곤 없는 그렇게
'지나치게 감수성이 척박했던 여자애'
였던 나와 우리들의 모습.

'두들겨 패서라도 움직여줘야 돼'라며
지친 몸이 이내 누울까 두려워 소스라치게
벌떡 일어나던 나와 너.

작가 김현진이 그토록 끓는 피를 주체하지
못하고 펄펄 끓어 넘치던 그날들이 어쩌면...
내게도 있었구나... 싶게 만드는 그녀의 힘.
아마도 그것은 그녀의 솔직함이 아닐까.
가식이나 위선 없는 날것 그대로를
드러내며 보여주는 <뜨겁게 안녕>은
그래서 내게 위로가 되었다.

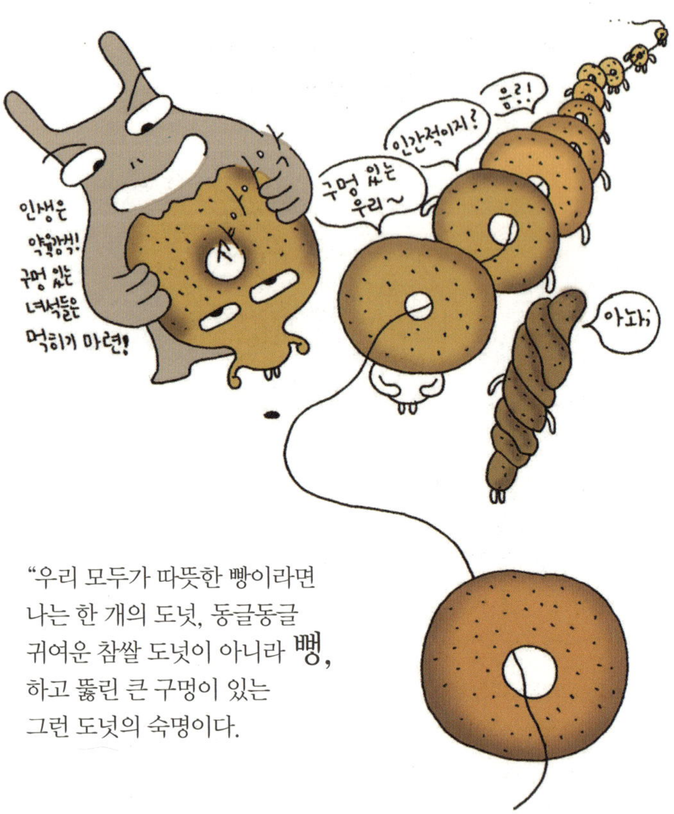

"우리 모두가 따뜻한 빵이라면
나는 한 개의 도넛, 동글동글
귀여운 찹쌀 도넛이 아니라 뻥,
하고 뚫린 큰 구멍이 있는
그런 도넛의 숙명이다.

그놈의 구멍에는 별별 게 다
들어간다. 유난스러운 외로움,
자연스럽게 따라오는 관심병과
애정결핍, 지난밤 부끄러운 기억,
꼴에 쓸데없는 동정심, 독한 술,
추억이라 부르기도
비참한 순간들,
이런 것들이 이 커다란 구멍을
통해 밀물처럼 썰물처럼
오고 또 갔다."

어쩌면 자신의 치부가 될 수도 있는 구멍까지
모조리 쏟아내는 작가 김현진이라 반했다.
그리고 이렇게 자신을 드러내는 글쓰기는
대체 어디에서 나오는 것일까?

그녀는 시종 '막살았다'고 표현한다.
그때의 거칠고 외로웠던 삶을.
그런데 이 막사는 것도 능력이다.
온전한 자신만의 주관으로 막사는 사람,
그리 흔치 않다.

에세이라면 언제나 늘 맨 마지막에 집어드는
내 오랜 고질적인 독서편비답게 이 책도
꽤 오랫동안 내 주위를 맴돌았다.

꽤 오랜 시간 동안.
그리고 마침내 읽은 〈뜨겁게 안녕〉은
다시금 내게 그날의 뜨거웠던 안녕을
기억하게 한다. 애처롭고 힘차게.

그녀의 발칙하게 솔직한 글쓰기는 어디까지
이어지게 될까? 몹시 기대된다.

달이 휘청하게 밝은 밤에 달동네 어디에서
검둥이가 때대도 모르고 ㅋ엉 ㅋ엉 ㅋ엉 명랑하게
짖어대면 아마도 나는 작가 김흥진이 생각날 거다.
어디서 뭘 하며 사는지 소식 끊긴 그 옛날의
그들이 문득 생각나듯이.

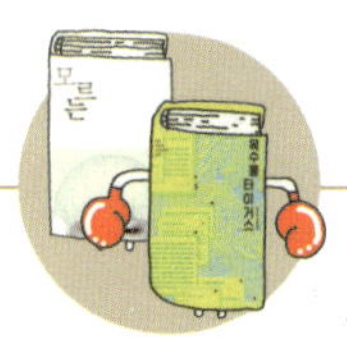

모르는 척하지 않고 책 읽기

안보윤, 〈모르는 척〉 / 최지윤, 〈옥수동 타이거스〉

어느 잔뜩 흐린 날 이런 질문을 받았다.

로맨틱하던 분위기는
순식간에 사라지고 바삭하게 말라붙은
살가죽만 남아 간신히 숨을 몰아쉬는,
몹시 힘들지만 모르는 척할 수 없었던 소설.

아버지가 돌아가시고 인근은 무기력한
어머니를 대신해 가장이 된다.
할 수 있는 게 없었던 인근은 보험금 사기의
늪에 빠지고 자신의 몸을 자해한다.
그리고 가족들에겐 생활비가 생긴다.

"알고도 모르는 척,
외면한 자리에 피어오르는
우주적 재난!"

어느 날 갑자기
아버지가
돌아가셨다.

나는...
가장이 되었다.
나도...
어린애였는데.

휙...

'손, 잡고 가라'는
아버지의 말이 내내
귓가에 울리는 장남 인근은
어린애임에도 자신의
몸을 바쳐 어머니와 동생을
부양한다. 그러나 인근은 점점
주위에서 사라져갈 뿐이다.
모르는 척하는 사이에.

'검정 점퍼' 하나로
남은 가장의 흔적은
앞으로 이들 가족에게
일어날 '우주적 재난'을
스산하게 보여주고
있어요.

인근이 그렇게 사라져 '유령'이 되어가는
동안 인근의 가장 가까운 가족들마저
그의 사라짐을 '모르는 척' 한다.
그러다 인근은 문득 생각한다.
결코 하지 말아야 할 생각을.

"정말, 아무것도 몰랐을 것 같아?"

아무도, 아무것도
몰랐을까?

이런 의문을 갖는 순간 인근은
물병 밖의 세상이 궁금한 오리가 되었다.
결코 궁금해해서도, 의문을 가져도,
호기심을 가져도 안 되는 세상을
알아버린 것이다. 모르는 척하던 세상이.

“그만두지 않으면
사라져버려.
네 존재가, 네 인생 자체가
사라져버리는 거야.”

인근이 사라지는 과정은, 가족이
'우주적 재난'에 산산조각 나며
파괴되는 과정은 흐린 날 조용히
내리는 보슬비처럼 온몸을 적신다.
그것은 아마 빗물이 아닌 눈물이겠지만.

작가 안보윤은 '이 소설은, 슬프고 무서운 꿈'
이라고 말한다. 나는 슬프고 무서운 꿈에서
깨어 꿈보다 더한 현실에 맞선다.
현실을 생각하면 소설은 얼마나 안전한가.
그럼에도 나는 몹시 우울했고 이럴 때 어떻게
헤어나오는지를 알고 있다. 그것은 다른
소설로 옮겨가는 수밖에 없다.
그리고 나는 단숨에 넘어갔다. 이 책으로!

제1회
한국경제
청년신춘문예
당선작

< 욱수동 타이거스 >

'그렇다고 행복이 학벌순은 아니잖아요!'
라며 뒷표지에 박힌 문구는
야심차기 짝이 없다.

내 짐작은 맞았고 〈옥수동 타이거스〉는
신났다. 학교폭력의 심각성이
사회적으로 커다란 반향을 일으키고
있는데 대놓고 폭력서클들의 난투극이
무협소설처럼 펼쳐진다.

그리고 현실 속 삶은 이 고등학생들의
인생을 패대기친다. 언제나 그랬던
것처럼 무참히.

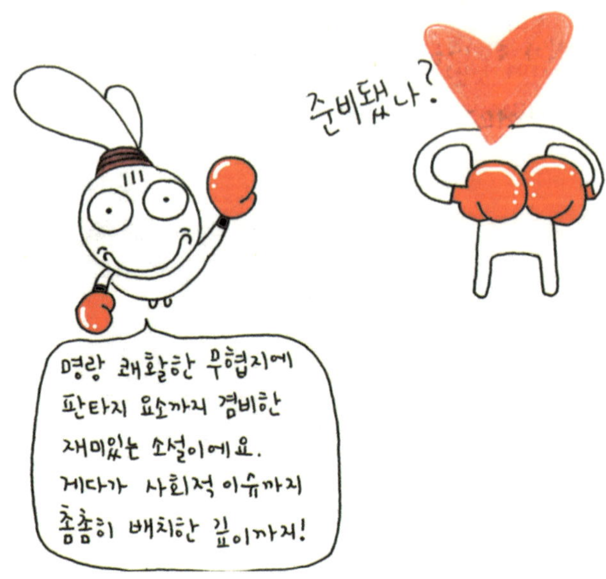

용공고의 폭력서클 '오호장군'의 현재의
모습이 다양한 채널을 통해 살짝살짝 밝혀지는
과정도 <옥수동 타이거스>를 읽는
재미 중 하나일 거다. 그런데...

분명 재미있는 책이고 순식간에 책장이 훌훌 넘어가는
책이지만 '청소년신춘문예' 다운 소설이기도 하다.
'오효장군'은 어쨌든 '빈부 차'와 '학벌 차'를
뛰어넘고 나름 성공한 어른이 되었으니.
이게 판타지가 아니고 뭐겠는가.
그래서 내가 〈옥수동 타이거스〉를
한걸음 떨어져 재미있게 읽을 수
있었던 것이다.
작가 최지운은 이렇게 말한다.

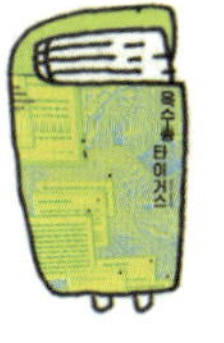

"〈옥수동 타이거스〉는
'빈부 차'와 '학벌 차'에 대한 이야기다.
부모, 지역, 학교에 따라
오늘이 결정되는 기이하고 부조리한 상황…
부모, 지역, 학교에 따라
내일도 결정되는 무섭고 잔인한 세상!
이건, 많은 성장소설에서 하나같이 말하는
'개인의 내면적 성숙'으로
극복할 수 있는 문제가 아니라고 봤다.
내 이야기는 여기서부터 시작됐다."

〈모르는 척〉하기 힘든 현실 속에서
〈옥수동 타이거스〉의 혈기왕성함은
비실거리던 내게 웃음을 주었다. 하하하

책은 이렇게 순식간에 나를 들었다 놓는다.
우울하게도 하고 꿈을 꾸게도 만든다.
그래서 나는 책을 읽는다. 누군가는 반드시
목적에 따라 읽는다는데 나는 여전히
'나'를 중심으로 읽고 있다.
그럼, 안 되나?

돌아보면 내가 있어, 잊지 마

후지와라 신야, 〈돌아보면 언제나 네가 있었다〉

대부분의 사람은 아침 지하철에서 졸거나
지하철 무가지를 병풍처럼 펼쳐 읽거나
간혹 책을 읽는 사람들도 보이긴 하지만
대부분 스마트폰으로 게임을 하거나 메신저를 한다.
특히 무가지는 아침 출근 시간 때만 읽을 수 있는
소소한 읽을거리다.

지하철로 대여섯 정거장이면 대충 훑어보고
무릎에 올린 채 조는 것이 일상인 지하철의 모습.

습관처럼 집어든 무가지에 오늘은
어떤 이야기들이 실려 있을까
궁금하던 때도 있었지만
상투적이고 지루하며 어쩐지
읽을거리도 없다며 어느 순간부터
무가지를 읽지 않게 되었다.

만약 지하철 무가지에서
후지와라 신야스런 글을
발견했다면 어땠을까?
아침의 지하철은
많이 달라졌을까?

〈 돌아보면 언제나
네가 있었다 〉

후지와라 신야가 일본 지하철에
놓이는 무가지에 6년 동안 연재한
글 중에서 정수만을 골라 실은 에세이다.
마치 단편소설을 읽는 듯 14편의 이야기는
수국에 맺힌 이슬처럼 맑다.

"어쩌면 이런 무색, 무미, 무취(無臭)의 문화에
익숙한 사람들은, 이런 장소에서는 사람끼리 마음을
교류하는 일이 있어서는 안 된다고 어느 틈엔가
자기 규제를 하고 있는 것은 아닐까."

각자의 편의를 위해 들어온 편의점에서
안녕하세요, 날씨가 덥죠? 라는 일상적인
대화조차 어색해진 지금,
나는 누군가에게 먼저
인사할 수 있을까?

서로에 대한 작은 관심에도 그저 감사하고
어느 날 사라져버린 '카페 메구미'에서는
바뀐 찻잔 하나에도 냉랭한 기운을 느낀다.

자주 가던 카페가 어느 순간 분위기가 바뀌더니
다음 순간 사라져버려 발길을 돌리던 순간.
가슴 한쪽에서 차갑게 식어가던 커피.

후지와라 신야는 지하철에서 읽다 버린
무가지에 이렇듯 슬프고 긴 여운을 담아내고
있다. 슬픔을 느낄 수 있는 당신의 감정에
충실하라는 듯.

"미친듯한 거리의 소음이 우리를 감싼다.
인사를 하고 헤어진다.
홀로 거리를 걷기 시작하자,
보통 때는 시끄럽게만 들리던 거리의 소란스러운
소리가 잡다한 인생의 집적(集積)처럼 들렸고,
한없이 사랑스러웠다."

후지와라 신야의 에세이는
내가 그때 붙잡았다면,
말을 걸었다면, 돌아갔다면… 면… 면…
이런 생각이 들게 한다.

그렇다고 통렬하게 후회스러운 감정은 아니다.
하루하루 바쁜 일상을 보내고 있지만 내게도 그런 슬픔이,
아쉬움이 있었다는 것만으로도 내 삶은
수국처럼 탐스러웠다고.

'슬픔 또한 풍요로움이다.'
나는 이 말을 이제야 어렴풋이 알 것 같다.
그리고…

돌아보면 언제나 내가 있다는 걸
잊지 말아줘.

네가 정말 우울증이라고 생각해?

에릭 메이젤, 〈가짜 우울〉

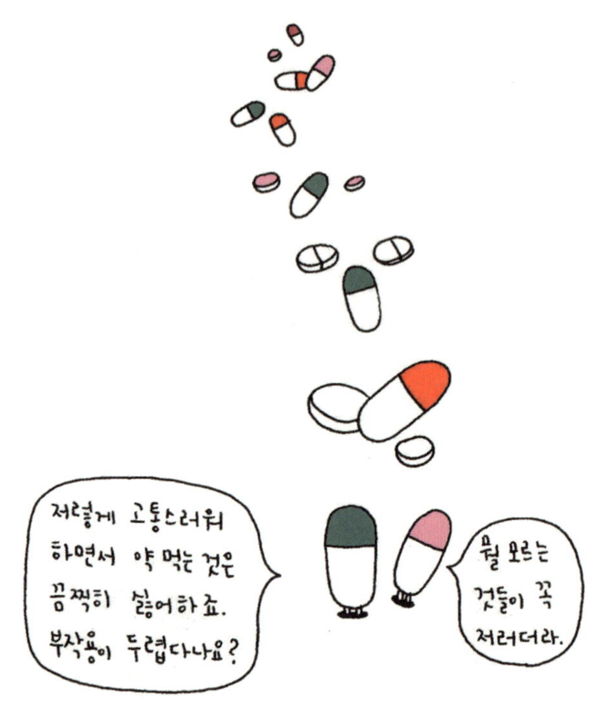

우울증 약에 중독될까 두렵기도 하고 무엇보다,

병원 공포증도 있고 게으름 지수가 200%로 충만하기 때문에 견디고 있는데 누군가 내게 이런 충고를 한다.

우울증에 대처하는 우리들의 자세는
우리만큼 단순명료했다.
그러던 중 이 책을 보게 됐고 나는,
의심스러워졌다. 과연 나는 우울한가?

〈 가짜 우울 〉

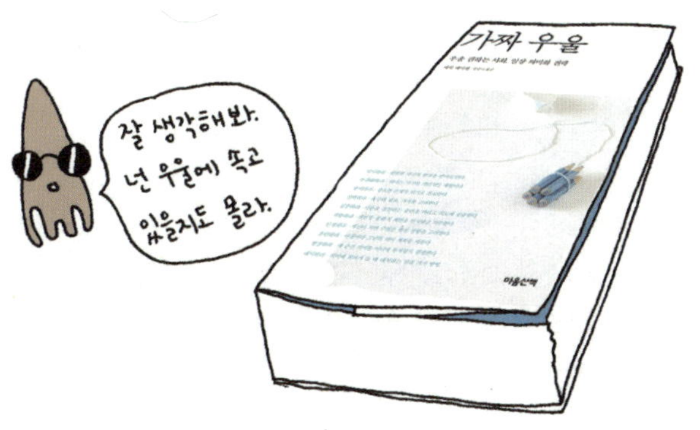

"우울증이라는 정신장애가 정말로 존재할까?"

<가짜 우울>은 이런 전제하에 시작한다.
우울이라는 정신장애는 그저 사전적인
병명으로 만들어진 것이며 우울증에 시달리고 있는
이들은 깊이가 다른 슬픔이나 불행에
지쳐 있을 뿐이라고.

사회가 개인의 슬픔이나 불행 등 다양한
정신상태를 우울증으로 바꿔버렸다고 주장한다.

"제약, 심리치료, 사회복지,
목회라는 강력한 업계와 그들의
시녀인 광고, 대중매체, 정치권 유력 인사의
세력이 커짐에 따라 불행이 불쾌한 사실과
상황에 대한 정상적인 반응일 수도 있다는
생각을 하기가 점점 더 어려워지고 있다.
문화적인 힘이 거의 모든 슬픔을
우울증이라는 정신장애로
바꿔버린 것이다."

그리고 정신장애는 얼마든지 만들어질 수 있다고
힘주어 말한다. 단어만 바꾸어도 벌써
질병처럼 느껴지지 않는가? '병적인 권태!'

저자 에리 메이젤은 '만들어진 정신장애'에
지배당하지 말고 똑바로 현실을 직시하라고 한다.
실존주의적인 자세로 정신 똑바로 차리라고.

"불행의 해답,
실존 프로그램

이 프로그램을 따른다고 모든
불행이 말끔히 사라지지는 않을 것이다.
당신은 인간이고,
인간은 고통에 면역되지 않기 때문이다.
그러나 많은 불행이 걷힐 것이다."

하루하루가 전쟁 같은 일상에서 삶의 가치를
잊지 않기 위해 저자는 '일상의 의미화'로
자신의 삶을 충만하게 하라고 말한다.
그리고 주문을 외우라고 한다.

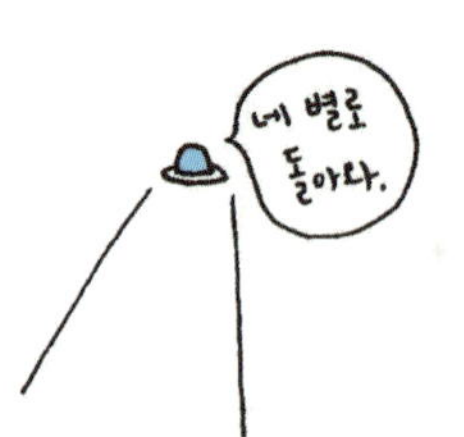

(의미는) (마르지 않는 샘이다).
(나는 우주를) (해석한다).
(나는 여기에) (의미를 투자한다).
(나는 결과를) (받아들인다).
(나는 상황을) (헤쳐나간다).
(나는 의심과) (더불어 산다).
(나는 의미 위기에) (대처할 수 있다).
(내 성격은) (내가 책임진다).
(나는 의미 휴가를) (제한한다).
(나는 의미 스파크를) (즐긴다).
(내게는 에너지와) (열정이 있다).

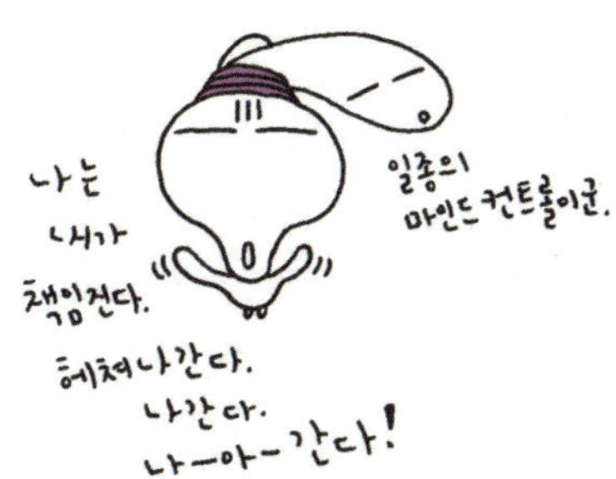

외우고 또 외운 주문 덕에 우울의 진정한 정체를
파악하고 '일상의 의미화'에 성공했느냐 하면
그렇지는 않다.

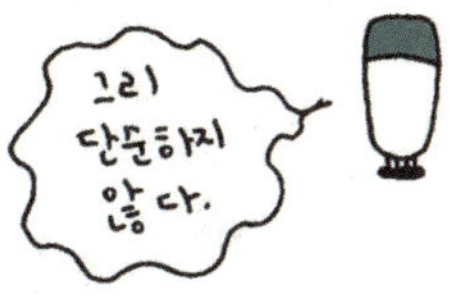

우울증이라는 병명 속에 숨고 싶은 나약한
나라는 존재가 여전히 내 안에 숨 쉬고 있으므로.

슬픔, 불행, 우울은 분명 각자에게 엄청난
고통이지만 그 고통에서 벗어날 길은 있다.
그것이 일상의 의미화 전략이건 우울증 치료 약이건
자신에게 맞는 방법을 찾길 바란다.

그럼, 나는 방법을 찾았냐고?

어마어마한 갈림길에서
늘 망설이지만 항상
걸어가고 있다는 것이
내가 찾은 방법이다.
멈추지 말 것!

당신의 고민을 들어드립니다

김현철, 〈울랄라 심리 카페〉

친구 A는 결혼한 지 5년 만에
엄청난 스트레스에 시달리고 있었다.
해법도 없는 시댁과의 갈등 때문이었다.

급기야 A는 남편과의 사이마저
극도로 악화되어 전쟁 같은 일상
속에서 자신이 피폐해져 감을
느꼈다고 한다. 그리고 A는 스스로
정신과 문을 두드렸다. 난생 처음
절박한 심정으로.

그날 A는 처절한 몰골로 처음 보는
정신과 의사 앞에서 대성통곡하며
그동안의 이야기를 했다고 한다.
그 사이 의사는 온화한 표정으로 때로는
동조하고 공감하며 차분히 A의 이야기를
모두 들어주었다고 한다. 그리고 A가 서서히
진정되어갈 때쯤 이렇게 말했단다.

그렇게 A는 정신과에서 나왔고
그 흔한 약처방도 없이 설문지만
한 아름 안고 집으로 돌아왔다고 한다.
그런데,

그랬다. A는 특별한 해답을 찾고 있었던 게
아니었다. 그동안의 이야기를 들어줄
누군가가 필요했던 것이다.
그리고 나도 요즘 그런 상대가 필요했다.

그래서 서점에서 이 책이 눈에 띄었다.

번쩍!

<울랄라
심리 카페>

★온 국민 멘붕 방지 고민 상담소★
라는 부제를 달고 나온,
제목마저도 경쾌한 이 책은
자칭인지 타칭인지 모를
'라디오 상담계를 평정한 꽃미남
정신과 전문의' 김현철의
상담 사례를 담고 있다.

1장, '나' 자신을 알라

2장, '사랑'도 사람이 한다

3장, '가족'의 배신을 허하라

4장, '직장'은 직장일 뿐

5장, 눈치 보지 않고 단호하게 살 권리

이렇게 통장으로 이루어져 있는 〈울랄라 심리 카페〉는
차례만 보더라도 우리가 일상 속에서 겪게 되는
수많은 고민이 깨알같이 박혀 있다.
예를 들면

때론 단순하지만 때론 우주보다 복잡한
우리들의 고민에 '꽃미남 정신과 전문의' 김현철은
'단호하고 깐깐하게' 답을 제시한다.
물론 그 답이 세상 어디에도 없는 정답일 리는 없다.
언제나 정답은 내 속에 있으니까.

그런데도 내가 이 책을 읽은 건
사례자들의 고민 때문이었다.

나만 이런 고민을 하는 건 아니구나,
누구나 이런 고민들로 심각한 우울에
빠지기도 하는구나, 심지어 정신과
의사를 찾아갈 만큼 절박하구나,
내 고민은 정상이구나.

지금 내가 머리 터지게 생각하는
고민은 누군가의 고민일지도 모른다.
이런 상상을 하면 나도 모르게 괜찮아진다.

"믿기 힘들겠지만,
우린 언제나 최선을
다하고 있습니다."

당신, 지금 고민이 있나요?
누군가에게 얘기하고 싶나요?
그런데 선뜻 말할 수는 없다구요?
그럼, < 울랄라 심리 카페 >로 오세요.
당신의 모든 고민을 들어드립니다.
멘붕이 오기 전에 책장을 여세요~~~

일러스트
: 아방

< 울랄라 심리 카페>는 마치 한바탕
고민을 쏟아내며 자신의 이야기를 들어주던
A의 정신과 의사 같았다. 무슨 이야기를
하든 다 들어주겠다는 표정의 의사처럼.
그래서 나는 멘붕이 오기 전에 읽었고
이런 처방을 내렸다.

여행지에서 일상을 보내는 여행 에세이

김동영, 〈나만 위로할 것〉 / 이병률, 〈끌림〉

어느 날 갑자기 시인이 책을 보내왔다.
아마도 어딘가로 떠나고 싶은 내 마음을
알기라도 한 것일까.

굳은살에 단단해진 줄 알았던 가슴이
어쩐 일인지 계절 타며 심히
말랑거리던 상태였기 때문에
여행서에 관심이 갔는지도 모른다.

평소같으면,

세 권의 책 중 첫번째 책, 〈나만 위로할 것〉

그리고 나는 좀체 없던 일을 겪었다.
굶으면서 읽었다! 왜냐구? 글쎄...
부른 배를 두드리며 읽기에 이 책은
지나치게 고요하고도 고요했다.
그것이 사랑이건, 일상이건, 불안이건.

"젊음이 뭔지 아나? 젊음은 불안이야.
막 병에서 따라낸 붉고 찬란한 와인처럼,
그러니까 언제 어떻게 넘쳐 흘러버릴지 모르는 와인 잔에
가득 찬 와인처럼 에너지가 넘치면서도 또 한편으론 불안한 거야.
하지만 젊음은 용기라네. 그리고 낭비이지.
비행기가 멀리 가기 위해서는 기름을 소비해야 하네.
바로 그것처럼 멀리 보기 위해서는 가진 걸 끊임없이
소비해야 하고 대가가 필요한 거지.
자네 같은 젊은이들한테 필요한 건

불안이라는 연료라네."

그럼에도 작가의 내면은 늘 치열한 듯하다.
'낡고 꼬깃꼬깃하지만, 그 안은 화려해서
마치 작은 세계 지도'와도 같은 그의 여권이
그를 말해주고 있다.

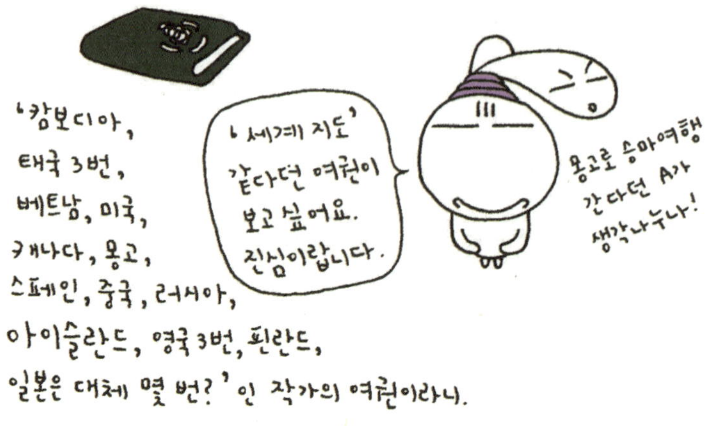

작가와 세계를 누볐을 낡디 낡은 노트를 본 것처럼
그렇게 새벽까지 굴으며 빠져들어간 〈나만 위로할 것〉.
그가 느꼈을 불안이라는 연료로 동실감을 느꼈다고나 할까?

세계 지도를 찾아봐도 선뜻 찾기 어려운
아이슬란드의 눈 덮인 숲을 파랗게 밝아오는
새벽에야 겨우 빠져나올 수 있었다.
그런데 내 가슴엔 묘하게 뜨거운,
아주 뜨-으-거운 철심 하나 삼킨 듯
달아오른다. 아… 또 두근거린다.

어쩔 거야!

진정하자며 두 번째 책으로 〈끌림〉.
정말 많은 이에게 추천받았고 밑줄도
들었던 〈끌림〉을 이제야 읽는구나… 했다.
그리고 가장 먼저 본 것은?

지난 여름에 〈끌림〉에 빠져 지냈다던
지인의 말처럼 과연 나도 빠질 수 있을까?
난 요즘 말랑거리고 인생이 뭐 이래… 이러는데?

"'왜 이럴까
내 인생은 왜 이럴까'라고
탓하지 마세요.
인생에 문제가 있는 게 아니라
'나는 왜 이럴까…'라고
늘, 자기 자신한테 트집을 잡는 데,
문제는 있는 거예요."

〈나만 위로할 것〉에서 뜨거운 철심 하나 삼켰다면
〈끌림〉에선 찬 기운 서늘한 고드름 하나 삼킨 느낌이다.
세상에 없는 사랑을 하고 세상에 없는 이별을 하고
세상의 모든 길에서 울며 밤을 새우고 퉁퉁 부은 눈으로
길모퉁이를 돌아 이제 겨우 아무도 없는 카페에 앉아
뜨거운 아메리카노를 앞에 두고
한 시간, 두 시간, 세 시간… 그렇게, 그렇게, 그렇게,
차갑게 식어버린 아메리카노처럼 쓰다.

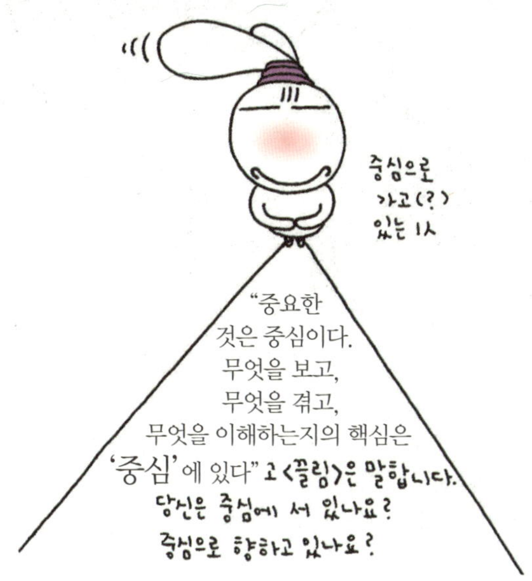

〈나만 위로할 것〉과 〈끌림〉은
관광객 모드의 여행서가 아닌
여행지에서 일상을 보내는 에세이였다.
떠나도 여전히 불안하지만 그들에겐 '중심'이 있었다.
'등에 1000개의 화살을 맞더라도 꿋꿋하게 갈 수밖에' 없지만
자신의 '중심'에 선 그들이기에 불안하지 않다.

제일 싼 커피 한 잔에
늘 입는 파란 스웨터를 입고
이어폰을 꽂은 채. 방해하지 말아야지.

PS. '카페 바바루'는 김동영이
아이슬란드에서 자주 가던 카페 이름이에요.

도서관에는 외계인이 산다

고요한 도서관 서가 사이를 가만가만 돌아다니다
발견한 외계인들은 그들만의 세계에 흠뻑 빠져
책과 하나가 된 듯하다.

그곳에서 나는 최대한 그들을 방해하지 않기 위해
발소리도 죽이고 책과 하나 된 그들을 바라본다.

30분 남짓 도서관이라는 우주에서 지구인의
탈을 쓴 외계인을 바라보다 그들이 몰입해서
읽고 있던 책 제목을 몰래 훔쳐본다.
아, 저런 책도 있었구나! 아쉽지만 이제 그만
이 고요한 우주에서 나가야 할 시간이다.
심혈을 기울여 선택한 3권의 책을 옆구리에 끼고
사서에게로 가 내가 신청한
희망도서를 말한다.

5권의 대출한도 권 수를 꽉꽉 채워 나오는데
잠깐! 희망도서를 그냥 내 주다니!

상상력이 빈곤해진 당신을 위하여

당신은 어떤 춤을 추고 싶은가요?

조던 매터, 〈우리 삶이 춤이 된다면〉

〈우리 삶이
춤이 된다면〉

일상을 깨우는 바로
그 순간이 기록들
내 아들 허드슨이
장난감 버스를 가지고
노는 모습을 지켜보다가
이 사진집을 만들어야
겠다고 영감을 얻었지
작가 이력도 신선해.
야구 선수로 활동하다
앙리 카르티에 브레송
사진전을 계기로 사진
작가로 전업한 케이스.
오! 그래서 이런 역동적인
사진이 탄생한 건가?

〈 우리 삶이 춤이 된다면 〉
당신은 어떤 춤을 추고 싶은가요?
빗속에서 힐을 신고 저렇게
우아하게 뛰어오르기 절대
쉽지 않아요.
우와!
다리에 힘줄
팍!
우리 삶이
춤이 된다면 일상을 깨우는 바로 그 순간의 기록들   조던 매터 지음 | 이선혜 · 김은주 옮김
DANCERS AMONG US

공연이 끝나면 삶의 무대가 시작된다.

1.

노, 노, 욕망이 사랑을 추월해서는 안 돼.

2.

사랑하는 날들이 항상 아름답지는 않다.

3.

카페인 충만.

4. 다이아몬드(야구장)는 여자에게 최고의 벗.

5.

우주 정거장 주유소,
단, 우주선 기름은 취급하지 않습니다.

6.

트램펄린이나 와이어 없이
저 정도 높이를 뛰어오르다니
인간의 능력은 진정 무궁무진해요!

'조던 매터'의 역동적이고 우아한
사진을 보며 나는 이렇게 되었지.

마법에 빠진 것처럼 책장은 순식간에
넘어갔고 첫 페이지에서 밝힌
'트램펄린도 와이어도 사용하지 않았다'는
문구가 다시금 기억에 남는다.

〈우리 삶이 춤이 된다면〉은 반드시
앉은 자리에서 두 번 읽게 되는 책이다.
영리하게도 이 책은 '조던 매터'의
사진에 대한 후기들을 맨 마지막에
배치하고 있다. 마치 미주처럼.

또 하나는 옮긴이 겸 카피라이터가 한국인의
정서에 맞게 제목을 새롭게 붙여 완성도를 높인 것.
내용은 까가지 키워드로 분류되는데 예를 들어
'Dreaming'을 '꿈꿀 때 얼굴은 빛난다' 등으로
반짝반짝한 카피로 새롭게 붙여서
읽는 재미를 한층 높였달까?

불가능해 보이는 일에
도전하기.

7.

8.

모험이 없으면 죽은 삶이다.

＊1~8 이미지 출처 : 시공아트

• 85

스타일은 어디에서 오는가?

폴 스미스 · 올리비에 위케르, 〈폴 스미스 스타일〉

처음 보는 누군가를 만날 때 가장 신경 쓰이는 건
아무래도 패션이다. 어떤 스타일로 입을까는
전날 밤부터 고민하는 일이기도 하다.

누군가는 자신에게 딱 맞는
스타일을 찾아내 즐기는 중이고,

누군가는 따라하기도 버거운
최신유행을 쫓기도 하고,

누군가는 이러기도 한다.

자신만의 스타일을 찾는 것은
어쩌면 자아를 찾는 것만큼이나
복잡하고 혼란스러우며
지루하게 반복되는 엄청난
시간과의 싸움일지도 모른다.

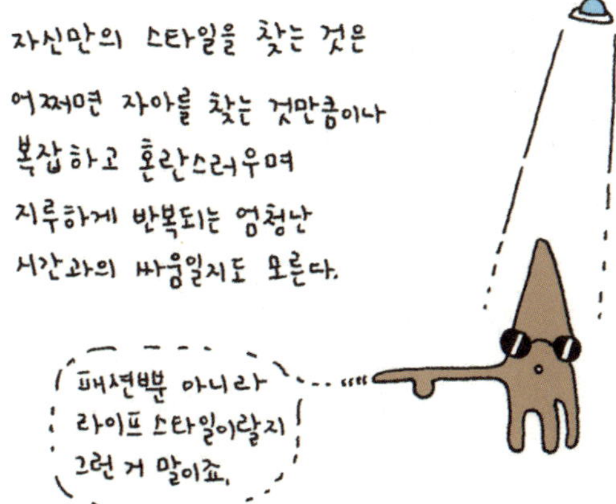

Fashionable 유행에 뒤처지지 않는

스타일이 있다는 것과 유행에 뒤처지지
않는다는 것은 별개의 문제다.
올바른 태도와 개성이 있다면
돈이 없어도 스타일을 낼 수 있다.

폴 스미스는 '클래식에 위트를 가미' 해 영국 패션의 새로운 지평을
연 디자이너로 손꼽힌다. 영국적 장인정신에 기반을 둔 흠잡을 데
없는 테일러링에 특유의 유머감각을 결합해 국제적인 패션 언어로
소화한 것을 두고 하는 말이다. 이 때문에 그를 두고 '가장 영국적인
디자이너'라고도 한다.

「글로벌한 패션 기업」을 이끌어가는 폴 스미의 독창적인
영감이나 위트가 돋보이는 이 책은 부제에서도 알 수
있듯이 A에서 Z까지 그가 꼽은 단어들로 채워져 있다.

Abbey Road
Anquetil (Jacques)
Architecture
Art : 나는 내 작업이 예술이라고
생각하지 않는다. 그리고
예술과 예술가들의 자만과
오만에 실망하는 경우가 많다.
…
창조라고 하는 편이 낫다.

Zebra :
녀석들은 파자마를
입은 말들처럼
보이기 때문에
난…

1.

'중독 치료를 받은 적도 없고,
전용 제트기를 타고 다니지도 않으며,
같은 여자와 40년째 살고 있'는
폴 스미스는 괴팍과는 거리가 먼

디자이너의 이미지를 구축하고 있다.
그러나 그가 보여주는 디자인은
결코 진부하거나 석상하지 않다.

2.

그리고 압권은 카오스, 그 자체인 그의 사무실!

＊1~3 이미지 출처 : 아트북스

3.

〈폴 스미스 스타일〉은 그가 한시도 손에서
놓지 않았던 카메라로 찍은 사진들로 채워져 있다.
무엇을 생각하고 찍은 것인지 아리송한 사진 속에
그가 추구하는 디자인이나 사소한 일상들 혹은
자신의 이름을 딴 기업이 나아가야 할 방향까지
제시하고 있다.

결국엔 가장 많은
사람들을 만족시키는
해결책에 언제나
도달할 수 있다.
그걸 배운 건
정신과 의사
비슷한 이를 만나
상담을 받을 때였다.
…

그는 내게 말했다.
중요한 것은 X라는 사람의 신뢰를 얻거나
Y라는 사람과 의견 일치를 보는 게 아니라,
만족할 만한 결과를 가져다줄 **균형**을 찾기
위해 상대와 **모색**해가는 것이라고.

<폴 스미스 스타일>은 책 자체가 폴 스미스인
것처럼 다양한 시도를 한다.
가장 폴 스미스적인 책인 거다.
이런 스타일로 인해 그가 말하고자 하는
A to Z 까지의 다양하며 일상적이거나
비일상적인 단어들이 극대화되는 효과를 발휘한다.

스타일은… 과연 어디에서 오는 걸까?
번뜩이는 영감은 또 어떻고!

부러움에 가득한 눈길로 책장을 넘기다가
나름대로 '카오스적'인 내 책상으로 눈길을 돌린다.

차를 음미하듯 그렇게…

박세연, 〈잔〉

나는 잔이다.

오늘도 누군가에게
무언가를 담아내고 있다.

엄청난 향과 맛을
자랑하는 독하고 쓴
에스프레소일 수도 있고

하루에도 서너 잔을
마시는 싱거운
아메리카노일 수도 있고

불타는 속까지
시원하게 해주는
얼론티일 수도 있고

내 마지막 인내심까지
모쪼리 소진하고
상실감에 바닥을 치는 날,
생크림 듬뿍 얹은
칼로리 따위
안중에도 없는
카페모카일 수도 있다.

그 모든 것을 담아내는 〈잔〉

내 이야기가 궁금하다면.

자그마한 책에는 예쁜 잔들로 넘쳐난다.
거기에 작가이자 일러스트레이터인
박세연과 지금은 사라진 카페 '제리코'의
주인 백마담과 그곳의 단골들이 만들어가는
레몬티 같은 이야기들, 예쁘다!

1.

차를 따라 마셔거라.
근데, 그 소주잔 로망은
아직도냐? 어휴...
술도 못 마시면서.
니들 중에서
우리들의 소주잔 할
녀석도 찾을 수 있겠어.
나 하나론
부족해?
달콘한 차 향기가
나는 것 같지 않아요?
음... 향긋해.
나, 잇었지?

2.

3.

4.

5.

만약 예쁜 걸로만 끝나는 〈잔〉이었다면
좀 시큰둥했을 것이다.

하지만 박세연의 잔에는
향기가 있다.

무엇을 담든 가슴 가득 번지는 향이.

이가 나간 머그잔에
포크와 티스푼을 꽂아놓으며
그 어느날의 상처를

담아내기도 하고

수백 번, 수천 번을
지우고 닳아

이제는 몽당해진
지우개를 담아놓기도 하고.

상상력을
담아내기도 하고

어느 비오는 날
'우아하게 반만 접으면
좋으련만 꼬깃꼬깃
여러 번 접게' 되었던
지난날이 담기기도 한다.

이 모든 잔에 담긴 것들이
아름답게 빛나는 크리스탈처럼
반짝거리는 박세연의 〈잔〉

한참을 들여다보게 되는
찻잔 속은 소녁보다 황홀하다.

나는 집이다!

토드 셀비, 〈우리집, 구경할래?〉

이 책에 꽂힌 건 요즘 집에 관심이
많아져서인지도 모른다. 그렇다고 으리번쩍한
그런 집은 아니고 개성 강한 이야기들로
반짝반짝 빛나는 그런 집 말이다.

〈우리집, 구경할래?〉는
이런 나의 입맛에 딱 맞을 것 같았다.
심지어 '개성 가득한 아티스트의
라이프 스타일을 훔치다'
라는 매력적인 부제까지 달렸으니
나는 혹할 수밖에!

무지개 만쪽 저 집에는
어떤 라이프스타일이 있을까?
활짝 웃는 가족의 모습이
행복해 보인다.
과연, 오색 앵무는 날아왔을까?

1.

2.

* 칼 라거펠트(Karl Lagerfeld) :
독일의 패션 디자이너,
크리에이티브 디렉터

3.

꿈도 총천연색으로 꿀 것 같은
화려한 '슈퍼 시크 두 남자'의 집.
이 집엔 먼지도 없을 것 같아!

니들이 진심 향수병이라니! 수집벽 돋네!
저 집에 어울리는 거겠지? 없던 수집벽도 생기는구나.
온 집안이 향기로 가득할 것 같구나.
4.

의자가 무척
마음에 든, 그러나, 미친 듯이 비싸다는.

5.

＊ 사이먼 두난(Simon Doonan) :
미국의 크리에이티브 디렉터

그리고 나는 '슈퍼 시크한 두 남자'가
탁구 치는 사진에서 입을 다물지 못했다.

이런 조형물 위에서
탁구 치는 사이면,
당신이란 사람은 대체…
급이 다르구나.
← 빨간 탁구채

선이 기가막힌 루부탱*씨!
그러나 난 당신이 딱 질색하는 인간 중에 하나.

루부탱! · 이것이 당신이군요!
* 크리스티앙 루부탱
(Christian Louboutin) :
프랑스의 구두 디자이너
본능!
상상력!
6.

앤티크로 가득한 집은 주인을 닮았다.

* 1~7 이미지 출처 : 앨리스

이쯤에서 나는 실토해야겠다.
그들의 집을 한 집 한 집 구경하며
레슬리 아핀* 처럼 한땀 한땀
질투심으로 이글거리는 마음으로
집 안 구석구석을 꿰매버릴 기세였다.

* 레슬리 아핀
(Leslie Affine) :
칼럼니스트

앉은 자리에서 후룩 읽고
'보석 세공사용 확대경 고글'을
쓰고 다시 한 번 그들의 집 안을
샅샅이 훑고 싶어진다.

집이란 뭘까?
그들의 집은 좁건 넓건 상관없이
각자의 개성으로 빛나고 있었다.
손때 묻은 냄비받침 하나,
다 쓰러져가는 문짝 하나,
재활용이나 벼룩시장에서 집어온
누군가의 버려진 물건들이 그들의 집에서는
그 어떤 보석보다도 빛나고 있다.

아티스트들이 가꾸는 집은 바로 그들의 작품이었다.
집이 곧 아트였다.

PS. 아티스트의 집을 구경했더니
그들의 라이프스타일이 더
궁금했지만, 글은 짧았다.

글은 짧았다!

알고 싶어? 내가 뭔지? 알면 반할걸!

차유진 외, 〈반려식물〉

봄바람 부는 4월
식목일 즈음에 이 책이 내게 왔다.

책표지 앞날개에 맨드라미 씨앗이
붙어 있다! (초판한정)

반려동물도 아닌 반려식물이라나,
이 생소한 단어에 궁금증이 폭발해
과감히 책 속으로 들어가 보았다.

주의!

지금부터 시작하는 리뷰는
책에 바로 리뷰를 그린 것임.

반
려
식
물

그나저나, 그것이
알고 싶다. 반려식물?
네 정체는 뭐냐?

반려 식물

차유진
차효선
오은
김미나+김수나
김윤하

김현구
오경아
이상환
정혜진
김경태
라라

우리 곁을
떠나지 않는
식물에
관한 기록

식물은 키우지도 못하면서
나무는 어쩌나 좋아하는지
우울하고 심란할 때는

이런 멀쩡한 선인장도
내게 오면 죽어버려서
내 공간엔 무생물만 가득!

가로수를 바라보며 걷기도 한다.

활짝핀 바오밥
나무 같은 가로수가
있다면 그 나무가
바로 나일 거야,

2.

독립하고 새로운 인생을 시작했을 때 내게는 사는 집이면서 스튜디오이기도 한 이 집을 꾸려 나가고 싶은 방향이 있었는데, 그 방향이란 게 '무생물과 생물이 공존하는 공간'이었다. 지금 생각해 보면 나는 전력을 먹고 작동하고 전기의 기운을 강렬하게 뿜어내는 전자 기기란 족속들 사이에서 이 집에 균형이란 게 있어야 한다고 생각했던 거 같다. 식물과 전자악기들로 발 디딜 틈 없는 집, 그럴 듯해 보였다.

어떤 녀석을 잡초라고 생각하고 뽑아 낼 것인지, 벌레가 잎을 갉아먹을 때 어느 정도 선에서 더 이상 못 먹게 막아야 하는지, 큰 화분으로 분갈이를 해줄 때 어느 정도 규모까지 키울 것인지 등등의 고민을 마주하고 결론을 하나씩 내릴 때마다 내 나름의 기준들이 하나씩 늘어난다. 정답은 아니지만 그 기준에 따라 식물들을 돌보고 있다. 그런 이유에서인지, 반려동물이 같이 사는 사람을 닮는 것처럼, 반려식물에게서도 돌보는 사람의 모습이 보이는 것 같다.

© community design lab

3.

성북구의 재활용 공방에서 지역공동체의 자립을 위한 비지니스모델을 실험하고 있다.

4.

다 마신 레모네이드 컵 아래 있던 잘리지 않은
레몬씨. 같은 컵에 흙을 담고 씨앗을 심었다.

바로 저거다!

↓

레모네이드에 남아 있던 씨앗으로.
2012년 4월~

제사상에 올린 레몬 속에 있던 씨앗으로.
2012년 6월~

오렌지를 먹고 남은 씨앗으로.
2012년 6월~

5.

자몽을 먹고 남은 씨앗으로. 2008년 11월~

금귤을 먹고 남은
씨앗으로.
2009년 6월~

﹡ 1~5 이미지 출처 : 지콜론북

1. 준비물

2. 아이스커피 컵에 이름 붙이기
맨드라미 씨앗이라고

3. 드라이버로 컵에 물구멍 내기

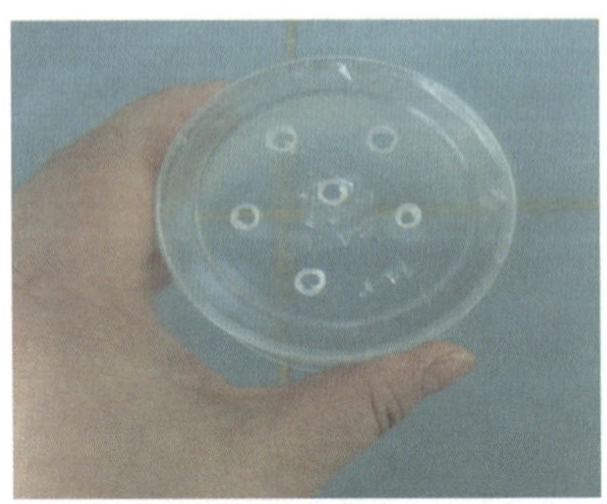

4. 물구멍으로 흙이 쓸려 내려가는 것을
방지하기 위해 바닥에 조개 깔기

5. 흙을 채움

6. 흙을 채운 컵에 조심스럽게
   씨앗을 묻는다.
   단, 너무 깊게 묻지 말 것

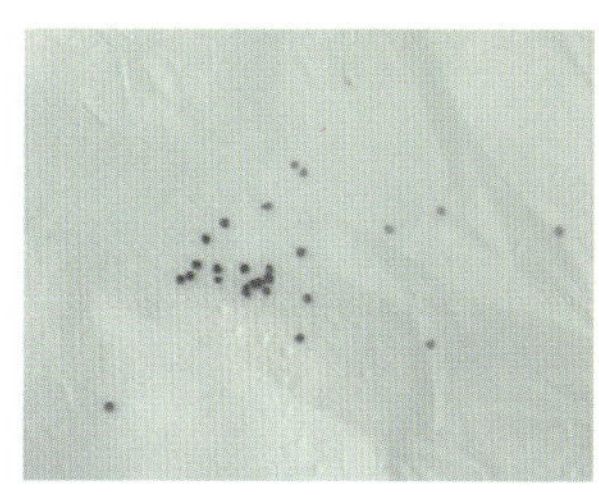

7. 짠

물을 부어줬더니 흙이 훅 내려갔다.
어쩐지 불길하지만
비주얼은 내가 원하던 바다.
잘 커라. 맨드라미야~

봄,
무언가를 키우고 싶게
만드는 계절이다.

덧,
책에 바로 리뷰를 그린 이유는?
여백이 많은 책이다.

그림을 그리거나
메모를 해도 충분하다.
이렇게 리뷰를 남겨도 좋지 아니한가!

나만의 스케치북을 위하여!

줄리아 로스먼, 〈아티스트의 스케치북〉

오늘도 나는 또 이러고 있다.

이런 날이 있다.
늘 쓰던 펜으로
항상 옆에 끼고 있는 스케치북에
그리려고 해도 아무것도 떠오르지
않는 답답한 날.
물론 펜이나 스케치북은
아무 잘못이 없다는 걸 안다.
문제는 오로지 나.

이럴 때마면 다른 사람의 스케치북이 몹시 궁금하다.
그들은 대체 어떤 드로잉을 할까?
마치, 그들의 상상력이라도 훔쳐보듯 그렇게
손때 묻은 스케치북을 들여다보고 싶다.

그러나 어느 누가 흐락흐락 자신의 스케치북을 공개할까?

그럼에도 뭔가 풀리지 않을 땐 남의 스케치북이라도
보고 싶은 건 어쩔 수 없는 일이다.
완성작이 아닌 과정이 적나라하게
담긴 스케치가. 그러다 이 책을 만났지.

두둥!
〈아티스트의
스케치북〉

'44인의 아티스트의
보물창고'를 살짝
훔쳐 볼수 있는 절호의 기회!

아티스트의 스케치북이 그대로 스캔되어 실린 책은
그 자체가 수십 권의 스케치북이었다.

이런 책을 읽을 때 내 오랜 습관대로
처음은 후루룩 그림만 훑어보았다.

라는 감탄사가 절로 나오다가 급 좌절했다.

자신의 스케치북이 있고 하루하루
뭔가를 그려내는 사람이라면 공감할 것이다.
아니, 그리지 않아도 아마 알 것이다.
자신의 분신과도 같은 무엇이 있는 사람이라면.

첫 번째의 좌절을 뒤로하고 드디어 읽기 시작.
이런 독특한 스케치북을 창조하는 이들은
누구이며, 그들에게 스케치북이란 어떤 의미일까?

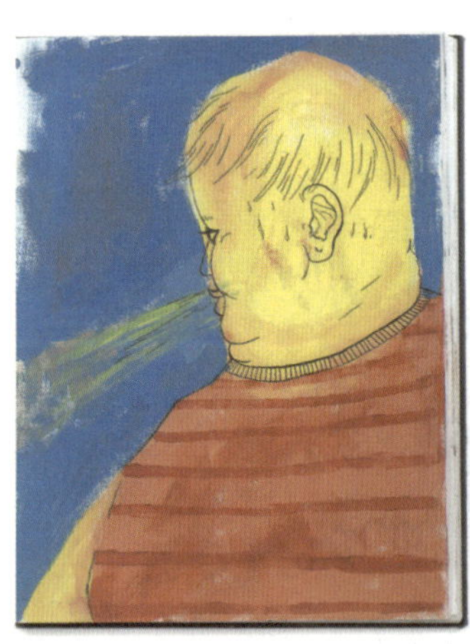

1.

2.

라르스 헨켈은 스케치북을
'왔다갔다 하면서 작업하는
편은 아니며, 한 페이지를
끝내면 다음으로 넘어'
간다고 해요. 나두 나두.
그렇다고 '끔찍한 드로잉을
물감으로 칠해 덮어' 버리지는
않아요. 끔찍하면 끔찍한 대로.
그것도 나라며 모셔두죠.

3.

그래디 액퍼린의 스케치북은
전형적인 드로잉이 아닌
'층을 이루는 작업'이에요.
제한 없이 재료들을 사용하고
과감하게 지우고 복사하고
덧붙이는 과정이 그의 스케치북을
더욱 궁금하게 만들어요.
아주 많다고 자랑하는 페니스를
책으로는 결코 볼 수 없겠지만. 쿡

4.

＊1~4 이미지 출처 : 아트북스

이들에게 스케치북은 '일이자 재미' 이며
'일기' 같은 사적인 것이기도 하다.
그러기에 그들은 스케치북의 새하얀 바탕에
자신을 던져넣고 있다. 그리고, 붙이고, 찢고,
색칠하고 심지어 덮어버리면서.

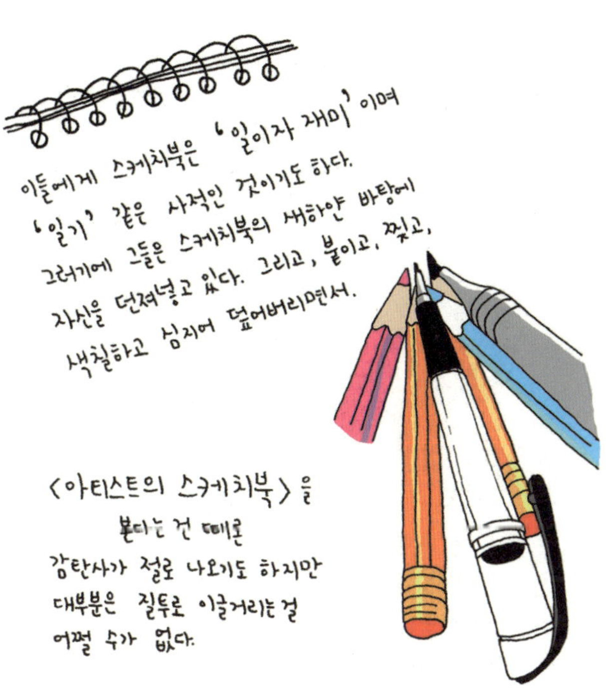

〈아티스트의 스케치북〉을
본다는 건 때론
감탄사가 절로 나오기도 하지만
대부분은 질투로 이글거리는 걸
어쩔 수가 없다.

그럼에도 다시 펼쳐들게 되는 건 나를 위해서!
그들의 스케치북에 자극받아 내 스케치북을
옆구리에 끼고 살게 될 나를 위해서!

PS. 바네사 데이비스의 머릿그림 보다가
뻥 터졌다.

만약, 스케치북에 그리는 것이 겁난다면
〈아티스트의 스케치북〉을 보라고 말하고 싶다.
겁을 먹는 대신 마구 그려보라고.

우리에겐 지우개도 있고, 수정액도 있고
그것으로도 힘들다면 실패작 따위 찢어버릴
수도 있다고. 중요한 건 꾸준히 그리는 거라고.

음악이란 무서운 거죠,
여자에게 빠지는 것과 같죠

서경식, 〈나의 서양음악 순례〉

얼마 전부터 라디오 주파수를 KBS FM에
고정시켜 두고 있다. 주말이면 종일 클래식이
흐르는데 이유는 간단하다.

그래서 나는 의도치는 않았지만 KBS FM의
고정팬이 되었고 나의 서양음악 듣기는
그렇게 어설프게 시작되었다.   앗!

그렇다고 해서 서양음악의 그 길고 긴
몇 번째의 몇 번째의 몇 번에
해당하는 음악의 난해한 제목까지
외우며 듣는 것은 아니다. 아직까지
그렇게 골수팬은 아닌 거다.
그래도 은근히 관심은 많아서
이 책에 꽂힌 건지도 모른다.

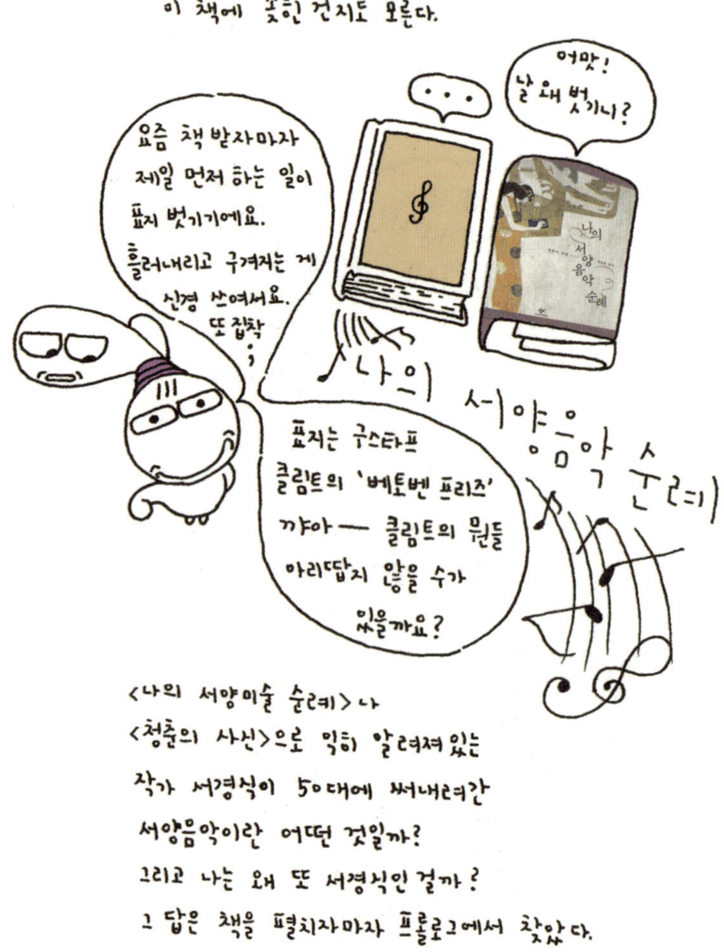

〈나의 서양미술 순례〉나
〈청춘의 사신〉으로 익히 알려져 있는
작가 서경식이 50대에 써내려간
서양음악이란 어떤 것일까?
그리고 나는 왜 또 서경식인 걸까?
그 답은 책을 펼치자마자 프롤로그에서 찾았다.

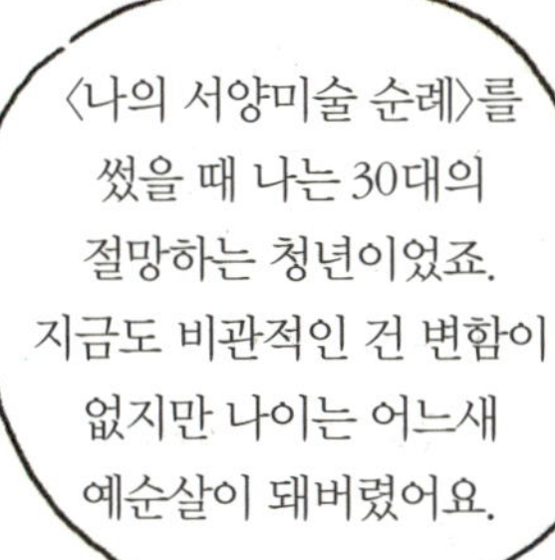

그렇다. 나는 이 늙어가는 순례자의 '또 다른 맛'을 기대하고 있었다. 이번에는 볼 수도 들을 수도 없는 음악으로!

전작과 마찬가지로 작가 서경식은 지난했던 과거와 현재를 아우르며 음악이 갖고 있는 치유와 위로와 평화뿐 아니라 고통까지도 들려주고 있다.

그러면서 나도 자연스럽게 음악을 추억하게 됐는데…

초등학교 때 누군가의 생일파티에 초대되어
가게 됐고 그 당시 드물었던 피아노가 그 아이 집
거실에 떡하니 버티고 있었다. 조금 일찍 도착한
몇몇은 그 아이가 연습하는 체르니 몇 번인가의
연습곡을 듣고 있었지만 곧 아이 엄마에게 방해하지
말라는 꾸중 아닌 꾸중을 들었던 것이
내 피아노에 대한 첫 번째 기억이다.

그리고 또 다른 피아노에 대한 추억.

나는 이 말이 지금에서야
가슴속에서 슬며시 퍼진다.
없는 게 너무 많았던 그때는
클래식이라는 문턱은 터무니
없이 높았던 거다.

어느덧 '절망하는 30대'에 접어들어서는
클래식이라는 문턱을 넘어 빠지고 있다.
오래전 불렀던 가곡 '그 집 앞'을
흥얼거리며.

음악 한 곡 들리지 않는 이 책이 얼마나
경쾌하면서 신중한 음으로 울리던지
책 속의 모든 음악들이 살아 있는 것 같았다.

그리고 그 속에서 '음악이라는 거울에 비친'
작가 서경석을 보았고 음악을 읽었다.

오늘도 나의 라디오
주파수는 어김없이
KBS FM에 고정
되어 있고,
장일범의 경쾌한
목소리로 시작하는 '가정음악'으로
잠자는 뇌를 깨운다.
서경석 작가도 어디선가 이 방송을 듣고 있겠지?

"개개인의 인생은 흔히 생각하는 것보다
훨씬 일찍 그 운명이 결정돼버리는 게 아닐까.
그 갈림길은 뭐니 해도
먼저 음악이나 미술 등에 대한 기호에서
비롯되는 것일지도 모른다."

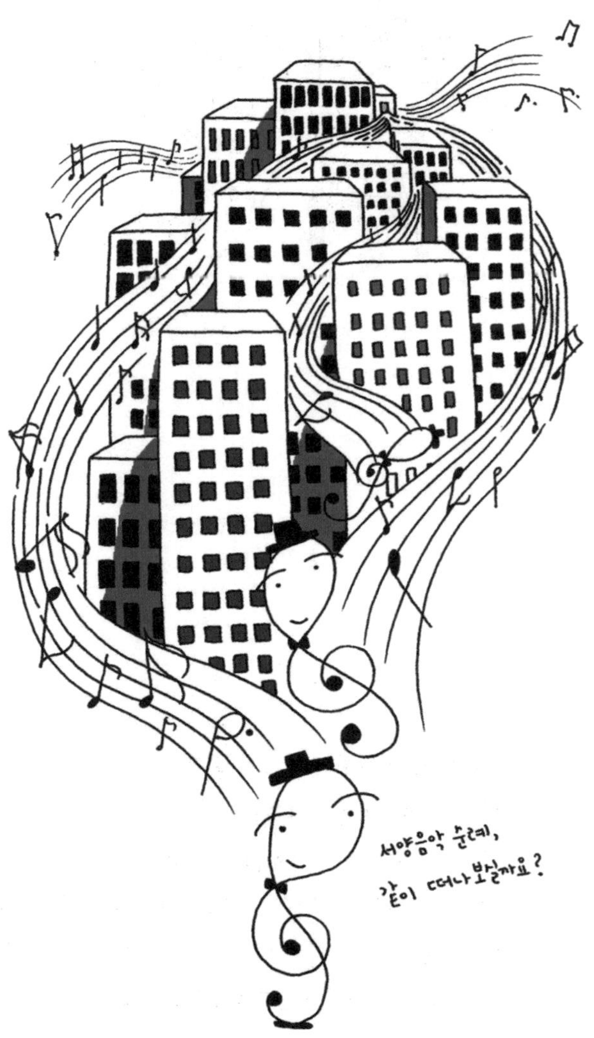

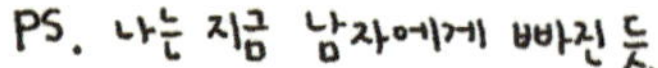

일본어에 '문턱이 높다' 와 같은
표현이 있는데, 어쩌면 문화적 장벽 같은 걸 느껴
멀리하고 있는 건 아닐까?
한국사람들에게 클래식음악이 일부 엘리트층의
즐거움, 중장년층 향수의 대상,
성공 스토리만 꿈꾸는 사람들의
지위상승 수단 등의 차원에
머물고 있다면 유감스런 일이다.
한국사람들도 좀 더 자신의 감성을
개방해서 더욱 자유롭게 음악에 관해
이야기를 나눌 수 있기를 바란다.

작가 서경식의 죽음으로의 음악 순례가
내년에도 계속되기를. 그리하여 못다 한
음악에 대한 이야기를 내년에도 읽을수 있기를.
그 전까지 나의 서양음악 듣기는 계속되고 있을 테니.
일단, 말러의 '교향곡 7번'부터 들어보기로
결심하는 클래식 초보 입문자 되겠다. ^___^

책에 이런 것까지 해보고 싶다

책을 읽다 보면 유난히
새 책에 약한 모습을 보인다.
윤이 반지르르 흐르는 책을
이글거리는 눈길로 스―윽
훑어볼 때도 있고,

심지어는
새 책의 겉표지에
흠집이 난 것까지
불빛에 비춰본다.

책갈피를 꽂아서 읽기도 했는데

선명하게 책갈피 자국이 남아 그 뒤로는 그냥
끼워두기만 한다. 별 거 아니다 싶은 것에도
유난히 까탈을 부리게 되는 것들이 있는데
그중 새 책에 한해서만큼은 별스럽다.

그러나
이 가족의 이야기를 읽고 마음이 바뀌었다.

'중뿔난 사람들'의 유별난 육체적 책 사랑에 문득,

평소에 새 책이건 헌 책이건 책에는
절대, 결코 해보지 못한 몇 가지를 해보기로 했다.

1. 책 펼친 채 엎어놓기

앤 패디먼의 오빠가 이 상태를 '일시 중지' 버튼을 누르는 것이라고 표현했다. 100% 공감!

2. 책 중간을 완전히 쩍 가르기

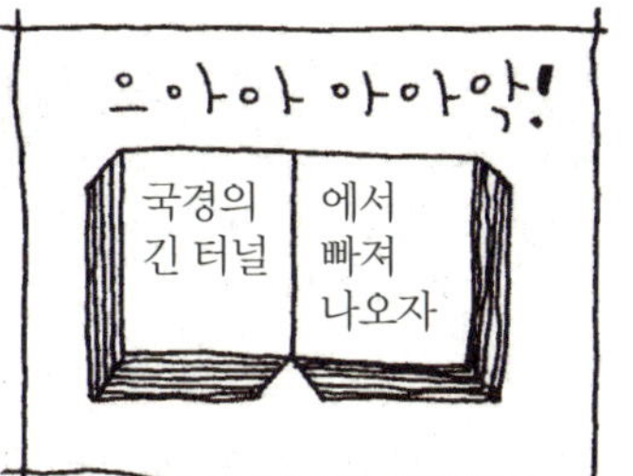

페이퍼백은 이런 유혹 많다. 제임스 미치너의 〈소설〉을 읽을 때 이러고 싶었다.

3. 책 귀퉁이 접기

요즘 들어 부쩍 자주 사용하고 있다. 그렇다고 페이지의 반을 접지는 않는다.

4. 교정부호로 수정하기

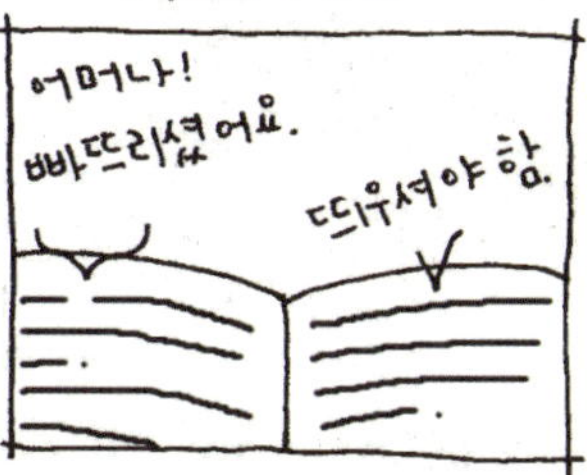

이건 무리가 있어요. 내 책에도 오자가… 흑ㅜ! 내 책 오자부터 와장창 수정해보도록 할게요.

5. 책 여백에 메모하기

이런 책을 친구가 보거나
집어가면 대략낭패!

6. 페이퍼백 분권하기

무게를 줄이기 위해 분권하기
문제집은 갈라봤어도 소설책은…
못 갈라봤다. 할 수 있을까?

7. 사우나에서 책 읽기

대중목욕탕에서 〈좋은 생각〉을
읽는 사람을 봤다. 책은,
무사할까?

8. 같은 장소에서 책 읽기

눈의 고장 니가타현의
에치고 유자와 온천에서
〈설국〉 읽기. 로망이다!

그리고 가장 해보고 싶은 것은

8. 9Kg의 헌 책 선물하기

이 선물은
받는 사람의
취향에 따라
반응은 극과 극일
것이다.

10. 책으로 숨이 막힐 것 같은 집!

chapter 3

나 좀 안아주라

따뜻하고 폭신한 눈 담요를 덮고

크레이그 톰슨, 〈담요 Blankets〉

어느날 내게 도착한 '그래픽 노블'의
두께에 압도당하고야 말았다!

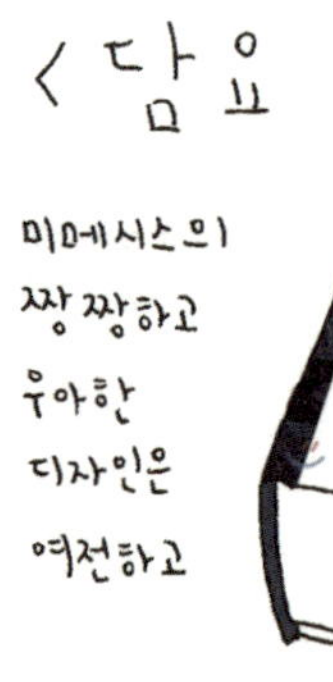

Blankets 〉

'그래픽 노블'임에도
심지어 가름끈이 있다.

사실 '그래픽 노블'이라 앉은 자리에서
후-룩 읽을 수 있을 거라 생각했다.
그래서 그 밤에 어디 한번 읽어볼까?
가벼운 마음에 집어들었지만 역시,
예사롭지 않은 무게만큼이나 후-룩
읽히지는 않았다.

〈담요〉는 의심 없이 순결했던 어린 시절의
자전적인 이야기이다. 누구의?

학교에서 따돌림과 괴롭힘을 당하고
성경 캠프에서도 괴롭힘은 이어진다.
그 이유는 언제나 단순하고 어이없을
정도로 천진난폭하다는 것!

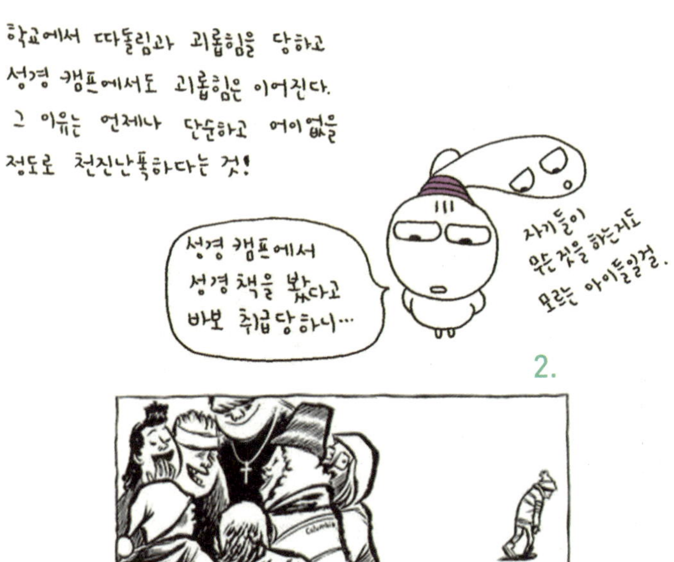

이런 시절을 보내고 있는 크레이그에게
필요한 건 '유한한 이 세상의 고통을
씻어줄 그 세계' 바로 '천국'이었고
늘 그런 세계를 꿈꾸며 졸업반이 된다.
그리고 장래를 묻는 질문에

소심하고 나약하던 크레이그는 바야흐로
질풍노도의 시기를 맞닥뜨리게 된다.
자신의 '기억을 전부 불사르고 싶을' 정도로.
이런 와중에 크레이그는 레이나를
만나게 되고 첫사랑이 시작된다.

4.

크레이그는 뜨겁게 사랑을 시작하는데
〈담요〉의 주된 계절은 언제나 겨울이다.
칼바람에 눈이 펑펑 오다 급기야 쌓이는 그런 겨울.

'넘어져도 아플 일
없는 폭신한 눈 담요'로
둘러싸인 그런 겨울.

＊ 표지 이미지 출처 :
　미메시스

크레이그의 첫사랑 레이나는 그렇게 그에게
뮤즈가 된다. 이 아름다운 기억이
크레이그가 동생 필과 담요 장난을 치다
발견한 '살아서 막 빛을 내던 요정'이었는지는
알 수 없지만 기억이 아름다운 건
분명 추억할 만한 가치가 있기 때문이 아닐까?

크레이그의 눈 담요 덮인 계절은 이제 지나가고 있다.
눈은 서서히 녹을 테고 새하얀 눈에 가려
보이지 않던 것들이 눈에 들어오게 될 것이다.

thaw [θɔ:] 동사

1. 언 고체가 온기에 의해
   차차 액체로 녹다.
2. 눈, 얼음 등이 녹을 정도로
   따뜻해지다.
3. 태도, 감정, 긴장 등이
   누그러지다. 풀리다.

5.

“새하얀 표면에
흔적을 남긴다는 건
얼마나 뿌듯한 일인지.”

칼바람이 거세지고 눈·비가 오는 요즘.
자칫 꽁꽁 얼어붙어 시니컬해지려는
마음에 따끈하게 〈담요〉를 덮었다.
아⋯ 따뜻해.

PS. 나도 집에 가서 골방에 숨겨둔 크레이그의
담요 같은 물건이 없는지 뒤졌다.

100세 노인이 창문 넘어 도망친 이유는?

요나스 요나손, 〈창문 넘어 도망친 100세 노인〉

지하철을 타고 가던 그날도
더위에 허덕이며 아이스커피를
홀짝거리고 있었고, 내 앞좌석에
나이를 짐작할 수 없는 노인이
곧 무너질 듯 자리에 앉았다.

짧게 깎은
머리카락은
흰머리가
무성하고

눈동자는 촛점 없이
흐리고 흔들리다
이내 꾸벅 졸며
감겼고,

마른 나뭇가지 같은
손은 마디마디가
툭 불거지고, 건강의
척도라는 손톱 색은
짙은 갈색의 피부와는
반대로 하얗게
탈색되어 있었다.

그렇게 나른하게 졸고 있는 노인에게서
눈을 떼지 못하다가 문득 노인의 역사가
궁금해지기 시작했다. 어쩌면 노인은,

알란 칼손

2005년 5월 2일
100세를 맞음.

그러나
나이는 아랑곳하지 않고
양로원 2층 창문으로
뛰어내려 탈출함.

✱표지 **굿!** (표지 : 석윤이)
최근에 본 표지 중 베스트.
펼쳐서 뒷면을 보면 진가를
알수 있다!

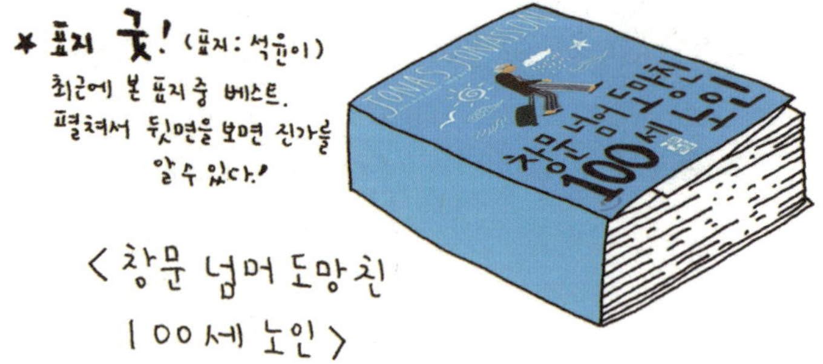

〈창문 넘어 도망친
100세 노인〉

과감하게 양로원에서 탈출한 100세 노인은
어쩌다 보니 트렁크를 맡아 주게 되고
또 어쩌다 보니 그 트렁크를 끌고
여행을 시작한다.

100세 노인은 트렁크 주인을 기다리지만
자신이 타야 할 버스가 도착하자
잠시 망설이다 트렁크와 함께 버스에 오른다.
기다리기엔 시간이 없다는 듯.

"노인은 자기가 왜 트렁크를 훔칠 생각을 했을까
자문해보았다. 그냥 기회가 왔기 때문에?
아니면 주인이 불한당 같은 녀석이라서?
아니면 트렁크 안에 신발 한 켤레와 심지어
모자까지 하나 들어 있을지 모른다는 기대감에서?
그것도 아니면
자신은 잃을 것이
아무것도 없기 때문에?

정말이지 이 중에서
무엇이 정답인지 알 수 없었다.
뭐, 인생이 연장전으로 접어들었을 때는
이따금 변덕을 부릴 수도 있는 일이지….”

‘인생의 연장전’에 돌입한 100세 노인은
뜻하지 않은(?) 살인사건에 휘말리고
노인의 공범자들은 늘어만 간다.
과연 100세 노인 알란 칼손은
어떤 인생을 살아온 것일까?

알란 칼손의 역사는 놀랍기만 하다.
스탈린과 마오쩌둥, 김일성과 김정일 부자,
미국, 영국, 소련 등등을 거치는 알란 칼손의
파란만장한 100년이 세계사를 뒤흔든다.

우리는 그 누구도 인생이 언제 끝날지 알지 못한다. 그저 묵묵히 살아갈 뿐이지만 어느 순간 '인생이 자신을 지겨워하고 있는 것 같은' 때가 올 것이다. 그리고 마침내 양로원 2층에서 뛰어내려 '연장전'에 돌입할 것인지 아니면 얌전히 100세 생일 파티를 할 것인지 선택해야 한다. 그러나…

100세라고 인생이 끝나는 건 아니지 않을까?

우리 모두는 자라나고 또 늙어가는 법이지.
어렸을 때는 자기가 늙으리라고는 상상도 하지 못해.

어디로 가고 싶은 거죠?

밀란 쿤데라, 〈정체성〉

어느 날은 글쎄 몰라보게
늠름한 자태를 뽐내고 있었다.

그리고 마침내 꽃봉오리가
입을 꽉 다문 채 불그스름하게
물들어 있었다.

가끔씩 보는 엄마의 식물은 어느덧
화려하게 피어오를 준비를 마치고
기대에 찬 눈길을 받고 있었다.

물론 가끔가다 한 번씩
눈길을 준 나 말고 그 식물은
아침저녁으로 사랑이 가득
담긴 관심과 눈길을 받았어요.
하물며 식물조차 이런 미묘한
감정에 반응하는듯 보이는데
인간은 오죽하겠어요.

사람, 특히 여자일 경우
시선에 대한 반응은
삶의 활력이 될 수도
있어요.

그러나

절정에 있을 때는 누구나
빛이 나며 시선을 끌기
마련이지만 그때가 지나가
버린 후에는 어떻게 될까?
꽃잎도 떨어지고 시들어가는
일만 남았다면….

샹탈도 이런 마음이었을까?

밀란 쿤데라 전집중
09번째인

〈정체성〉

* 르네 마그리트(Rene Magritte) :
　벨기에 출신의 초현실주의 화가

〈정체성〉에서 샹탈은 더 이상
붉어지지 않는 자신의 정체성에 대해
고민하기 시작한다.

누군가의 시선을 받고 얼굴을 붉혔던 적이
언제였는지를. 지금 그녀는 이렇게 내뱉는다.

"남자들이 더 이상 나를 돌아보지 않더라."

샹탈이 느끼는 공허함은
더 이상 누군가에게 매력적이지
않은 자신의 여성성일까?

이런 고민을 하던 그녀가 장마르코와 부딪히던 날
그는 그녀에게 익명의 편지를 보낸다.

그리고 그녀는 다시 얼굴을 붉히게 된다.
묘한 흥분과 호기심으로.

자신의 브래지어 속에 이 은밀한 편지를
장마르크 몰래 숨길 만큼!

그리고 마침내 다시 붉어지는 그녀의 얼굴.

"사실 어린 시절 그녀는 얼굴을 자주 붉혔다.
당시 그녀는 신체적으로 여자가 되는 과정에
진입했고 그녀의 육체는 그녀에게 수치심을
불러일으키는 뭔가 거추장스러운 것이 되었다.
성인이 되자 그녀는 얼굴 붉히는 것을 잊었다.
다시 정념의 뜨거운 입김이 성인화 과정의
끝을 예고하자 그녀의 육체는
다시금 그녀에게 수치심을 불러일으켰다.

수줍음이 되살아나자
그녀는 나시 얼굴을 붉히는 법을 배운 것이다."

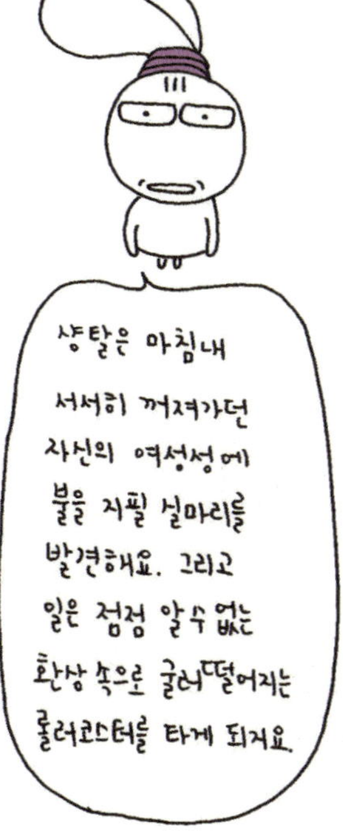

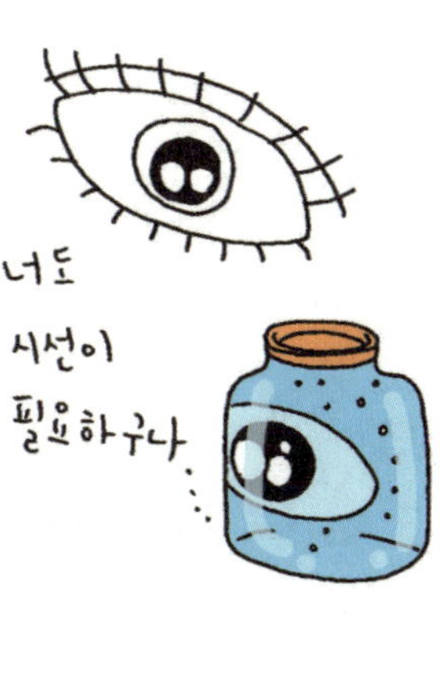

상탈은 정체성을 회복한 것인지,
장마르크는 또다시 익명의 시도를
하게 될지, 그 어떤 것도 명확하게
해결되지 않은 채 모호하게
〈정체성〉은 끝을 맺는다.

그러나 단 하나 내게 명확하게
꽂힌 글이 있다.

"자유라?
당신의 참혹한 현실을 겪으면서
당신은 불행할 수도 있고,
혹은 행복할 수도 있지.
당신의 자유란 바로 그 선택에 있는 거야.
다수의 용광로 속에
당신의 개별성을 용해하면서
패배감을 맛보느냐,
아니면 황홀경에 빠지느냐는
당신의 자유야.
우리 선택은 바로 황홀경이지, 부인."

밀란 쿤데라의 이 짧은 글이 그리 쉽게
읽힐 거라 생각하지는 않았다.
그의 전작에서 나는 몇 번의 좌절을
맛보지 않았던가. 아무튼,

며칠을 가방 속에 넣고 다녔던 〈정체성〉
그 사이 엄마의 식물은 만개를 했고

〈정체성〉에서 칠십 대 노인이 던진
질문이 불쑥 생각났다.

"어디로 가고 싶은 거죠?"

타라 파커포프, 〈연애와 결혼의 과학〉

7:3 정도의 비율로 압도적인데
한 해 한 해 지날수록 그 격차는 더 벌어졌다.
물론, 지금도 내가 모르는 사이에 벌어지고 있다.
그러던 어느날 나는 초등학교 동창회에
가게 됐고 뜻밖의 소식을 듣게 됐다.

나는 그야말로 충격이었고 이혼은 정말 흔한 일이었다.
마치, '이혼율이 50퍼센트'라는 낭설을 믿을 만큼
이혼은 쉬운 일이 되어버린 것이다... 그러나

'지금까지 당신이 몰랐던 사랑의 진짜 얼굴'을
보여주겠다는 이 책 <연애와 결혼의 과학>은
첫 페이지부터 이렇게 밝히고 있다.
'사실 이혼은 점점 줄어들고 있다.'

꾸준히 증가할 거라 믿었던
이혼율이 실제로는 줄어들고
있다는 과학적인 수치는
나를 다소 놀라게 했고
연애와 결혼에 과학적인
수치로 증명하는 이 뚝부러진
책에 그 어떤 반박도
할 수가 없었다.

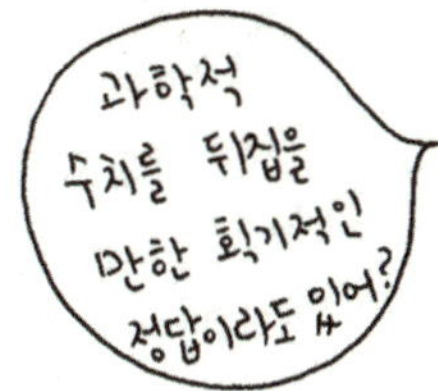

<연애와 결혼의 과학>은 총 3부로 나뉘어지는데

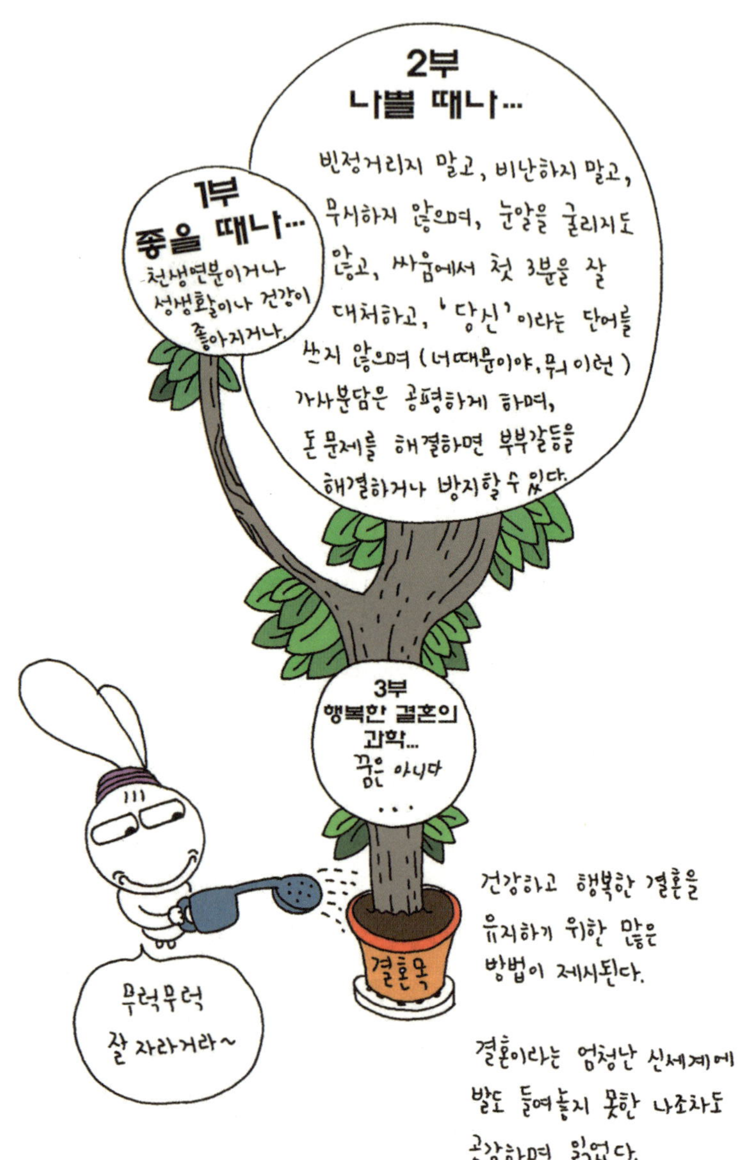
2부
나쁠 때나...
빈정거리지 말고, 비난하지 말고,
무시하지 않으며, 눈알을 굴리지도
않고, 싸움에서 첫 3분을 잘
대처하고, '당신'이라는 단어를
쓰지 않으며 (너때문이야, 뭐 이런)
가사분담은 공평하게 하며,
돈 문제를 해결하면 부부갈등을
해결하거나 방지할수 있다.
1부
좋을 때나...
천생연분이거나
성생활이나 건강이
좋아지거나.
3부
행복한 결혼의
과학...
끔은 아니다
...
무럭무럭
잘 자라거라~
결혼목
건강하고 행복한 결혼을
유지하기 위한 많은
방법이 제시된다.
결혼이라는 엄청난 신세계에
발도 들여놓지 못한 나조차도
공감하며 읽었다.
그런데!

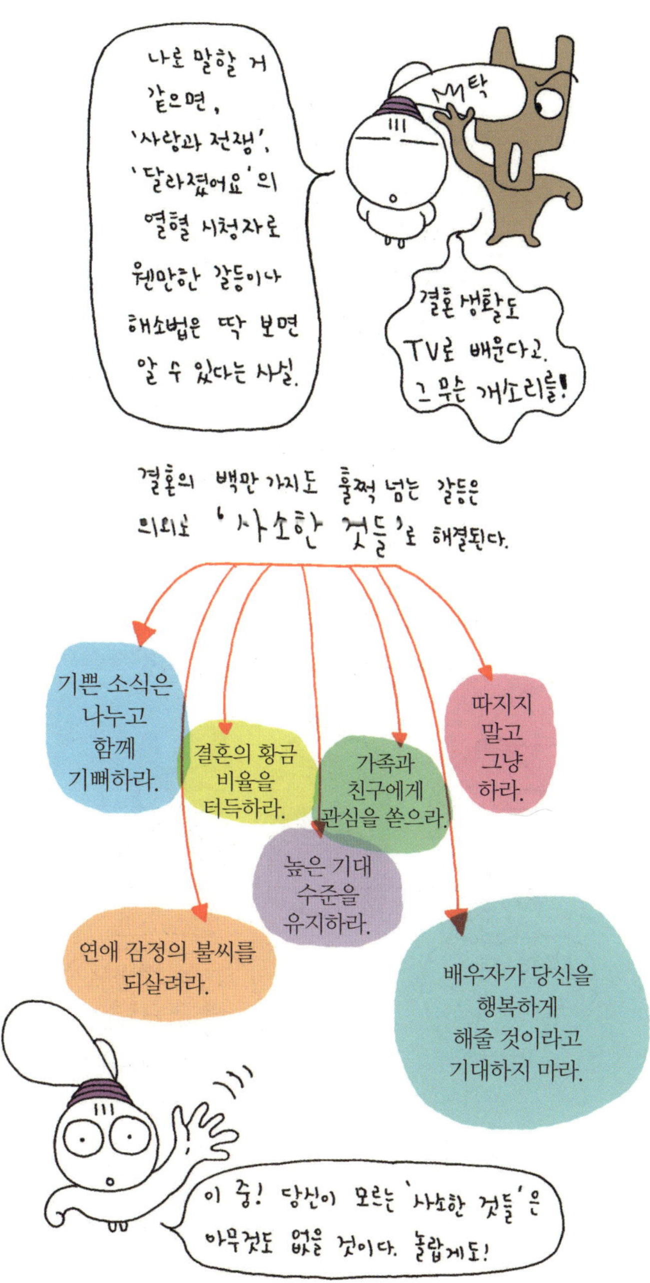

나로 말할 거 같으면, '사랑과 전쟁', '달라졌어요'의 열혈 시청자로 웬만한 갈등이나 해소법은 딱 보면 알 수 있다는 사실.
뻑
결혼 생활도 TV로 배운다고. 그 무슨 개소리를!
결혼의 백만 가지도 훌쩍 넘는 갈등은 의외로 '사소한 것들'로 해결된다.
기쁜 소식은 나누고 함께 기뻐하라.
결혼의 황금 비율을 터득하라.
가족과 친구에게 관심을 쏟으라.
따지지 말고 그냥 하라.
높은 기대 수준을 유지하라.
연애 감정의 불씨를 되살려라.
배우자가 당신을 행복하게 해줄 것이라고 기대하지 마라.
이 중! 당신이 모르는 '사소한 것들'은 아무것도 없을 것이다. 놀랍게도!

그렇다. 우리는 이미 많은 연애와 결혼의
좋을 때와 나쁠 때를 헤쳐나가는
해법을 알고 있다. 그러나 그것은
책에서 읽은 지식이라는 것이 문제다.
연애나 결혼은 객관식 문제가 아닌
인류 역사상 가장 독창적인 주관식
문제이지 않은가!

그럼에도 〈연애와 결혼의 과학〉은
단순하지만 강력한 답을 제시한다.

"대부분의 결혼은 이혼으로 끝나지 않는다.
부부는 대부분 안정적이고 비교적 만족스러운
동시에 여러가지 개선할 점이 많은 관계를 유지한다.
원만한 결혼 생활은 사소한 데서 만들어진다.

아주 사소한 일들이 쌓이고 쌓여 부부 관계가
악화되듯이 원만한 부부 관계도 오랜 세월에 걸쳐
아주 작은 긍정적인 일들이 모여서 이루어진다."

이 와중에 은둔자줄이던 누군가가
임신 6개월 만에 시집간다는 소식을 들었다.
그녀는 결혼이라는 신세계에 급행으로
발을 들여놓았다. 초읽기가 시작된 것이다.
결혼, 과연 뭘까?

다큐멘터리
'두개의 선'을 봐서인지

〈연애와 결혼의 과학〉에서는
분명하던 문제나 해법들이 현실에서는
얼마큼 효과가 있을지는 사실 의문이다.
하긴 효과가 있는지를 알려면 아마도
오랜 시간이 걸릴 것이다.
'아주 작고 긍정적인 일들'이
모여야 하므로.

내 잠자던 강박증에 불을 질렀다!

엘리자베스 헤인스, 〈어두운 기억 속으로〉

냉장고를 제외한 모든 플러그를 뽑아놓고
가스 밸브는 잠겼는지
확인하고서야 현관문을 나선다.

라고 은둔공주에게 물었더니 그녀는 예전에
이랬다고 한다.

누군가가 자신의 방에 침범하지 않았는지
확인하기 위해 그녀는 자신만의 방식으로
머리카락들을 교묘히 방 이곳저곳에
떨어뜨려 놓고 다녔다고 한다.

누군가는 말했다.

오로지 혼자만의 공간에서
자신을 지켜낸다는 건
이 험난한 세상에
간단한 문단속 마저도
강박증처럼 하게 만든다.

그런데 또 누군가는 말했다.

이렇게 살짝 강박증도 있고
현대인의 필수 병인 불안 심리도
품고 있는 내게 이 모든 증상을
배로 증가시켜주는 '무시무시한 소설'을
읽었다. 그 책은,

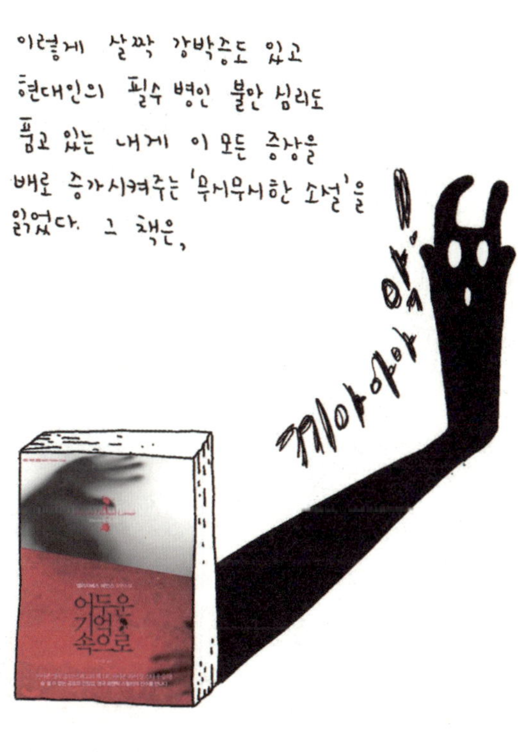

< 어두운 기억 속으로 >

젊고 자유분방했던 캐서린이
빨간 드레스를 입고 클럽에 간 어느 날
그 남자 리를 만난다. 그는 그녀에게
다정했고 그녀의 친구들도 리의 매력적인
모습에 호감을 보인다. 그와 그녀가 서로에게
다가서고 점점 가까워질 무렵 캐서린은
뭔가 잘못되어가고 있음을 느낀다.

"어쨌든 간에 상황이 뭔가 잘못
흘러가버렸다는 걸 깨닫는 순간이,
갑자기 자신의 애인이나 남편이 두렵게
느껴지는 순간이 있을 테니까.
그때가 떠나야 하는 순간이다.
돌아보지 말고 떠나야 하는 거다."

캐서린은 그렇게 데이트 폭력의 피해자가 되어
어마어마한 강박증에 시달리는 여자로 변한다.
〈어두운 기억 속으로〉의 탁월한 점이라면
변해버린 캐서린의 강박증을 상당히 예리하면서도
섬세하고 섬뜩하게 묘사하고 있다는 점이다.

"잠자리에서 일어나는 건 문제가 아닌데,
집 밖으로 나가는 건 문제였다.
샤워를 하고 옷을 입고 뭔가 먹고 나면 일하러 가지 전에
아파트가 안전한지 점검하는 절차를 시작한다.
아침에 하는 이 작업은 저녁 귀가 시에 하는 작업을
거꾸로 하면 되는 것 같지만 어떤 면에서는 더 힘들다.
시간이 부족하기 때문이다. 저녁에는 원하면 밤새도록이라도
점검할 수 있지만 아침에는 출근해야 하니 시간이 한정되어 있다.
거실과 식당, 발코니 옆의 커튼을 매일 정확하게 너비만큼만
걷어놓는다. 너비가 다르면 집에 다시 들어올 수가 없다.
각 테라스 문에는 열여섯 개의 창유리가 있다.
집 뒤쪽 길에서 아파트를 올려다봤을 때 각 창문으로 식당이
조금이라도 보이거나 커튼이 똑바로 내려와 있지 않으면
아파트로 돌아가서 다시 시작한다.
이 일을 똑바로 하는 데에 꽤나 이력이 났지만,
그래도 여전히 시간이 한참 걸린다."

그리고 캐서린은 집 안의 모든 물건들의
위치를 기억해둔다. 어느 날 자신이 집에
없을 때 리가 들어와 그녀 몰래
흔적을 남기는 것을 알아차리기 위해.

리가 없는 지금도 캐서린은

"그가 항상 사방에 보인다.
그 사람이 아니라는 걸,
그는 수백 킬로미터 떨어진
감옥에 안전하게 수감되어 있다는 건 안다.
하지만 그는 유령처럼 내게 꾸준히 찾아와
자기에게서 절대로 도망칠 수 없음을 상기시킨다.
그가 여전히 내 머릿속에 있는데
어떻게 도망칠 수 있을까?"

캐서린이 단속해야 하는 문의 개수와
확인해야 하는 물건이 늘어나면 늘어날수록
내 안의 불안도 점점 커졌다.

강박 장애를 이토록 살떨리고 공포스럽게
느끼기도 처음이다. 캐서린, 그녀는 얼마나
미치도록 힘들고 고통스러웠을까.
확인하고 또 확인하고. 밤 새워 확인해도
자신이 안전하다고 느끼지 못하는 불안이!

"마치,
공포에 면역이
생기지 않는 상태로
계속해서
공포 영화를
보는 것과 비슷하다."

캐서린의 〈어두운 기억 속으로〉 걸어 들어가다
보면 어느새 그 남자, 리가 다가온다.
내 집에 누구도 들어올 수 없고 무엇보다
안전하다고 믿고 있지만 혹시, 리가 있지는 않을까.

한밤중에 이 섬뜩한 강박 장애 스릴러,
〈어두운 기억 속으로〉는 끝이 났지만
캐서린은 점점 좋아지고 있지만
그녀가 불쑥 내뱉은 말은 잊을 수가 없다.

"전 사람들을 믿는 게 힘들어요."

PS. 캐서린은 내 잠자던 강박증에
불을 확 붙이고 거기다
기름까지 끼얹었다!

한 번이면 족하던 문단속을 `여섯 번`은 하게 생겼다.

사랑만이 충만하기를

크레이그 톰슨, 〈하비비〉

막간을 이용해 독자 서비스로 펴냈다는
〈만화가의 여행〉은 그의 일상이
고스란히 담겨 있는 매력적인
여행기다.
아기자기
나 읽으면서
기다려~
그 책이
나올 때까지
무작정 기다려야
하는 독자라니.
이런 독자라니.

기다리고 기다리던 그 책은 생각보다
빨리 출간이 되었고 명성에 걸맞게
압도적인 아우라로 내게 왔다.
단언컨대
비주얼 최강!
이런 만화책은
드물걸?!
헉!
두께가...
두께가!
크레이그 톰슨
〈 하 비 비 〉

크레이그 톰슨이 7년여에 걸쳐 완성한
작품으로 줄거리를 나열하는 것이 무의미할
정도로 페이지마다 은유와 상징으로
가득한 그래픽 노블이다.

〈하비비〉는 다른 작품과는 달리 순수한
그래픽 노블로 코란과 성서와 아랍 문자의
신비로 이루어져 있으며 결국엔 사랑이라는
진리에 도달하는 이야기다.

지금부터 엄청난 이야기 속으로

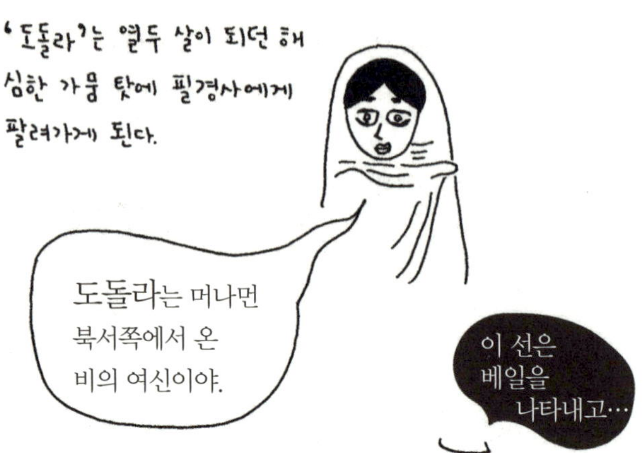

필경사인 남편으로 인해 '성스러운 〈코란〉과 〈하디스〉, 〈천일야화〉와 위대한 시인들의 작품'을 접하게 된다.

남편이자 스승인 필경사가 도둑들에게 살해당하고 도돌라는 노예로 팔려간다. 그곳에서 세 살 된 '잠'을 만난다.

"하비비의 원래 이름은
함이었는데 그에게
어울리지 않는 이름이었다.
…
아기 이스마엘이 잠잠의
샘을 발견한 것처럼."

도돌라는 함에게 '잠'이라는
이름을 지어준다.

도돌라는 자신의 아이가 된 잠을 데리고
그곳을 탈출해 사막으로 향한다.

"모래로 이루어진 바다 위를.

사막은 인간과 짐승
모두에게 무덤이었다.

인간이 버린 쓰레기에게도.

하비비는 이 버려진 배를 발견했고,
우리는 이곳을 집으로 삼았다."

둘만의 '에덴'이었던 황폐헌 사막에서
도돌라는 잠에게 세에라자드 같은
끝없는 이야기를 들려주며 '에덴'을 지킨다.
그러던 중 도돌라는 먹을 것을 구하러 갔다.
술탄의 병사들에게 납치를 당하고
비로소 도돌라의 비극적 '천일야화'가 펼쳐진다.

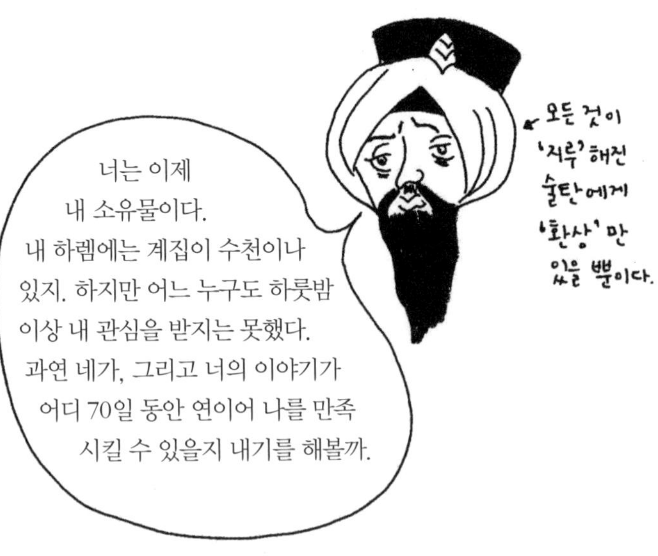

도돌라에게 술탄의 왕국은 모든 것을
잊게 하는 아편과도 같았다.
그녀는 점점 자신도 잠도 잊어간다.
그사이 잠은 기근에 허덕이며
그토록 두려워하던 마을로 내려오는데...

〈하비비〉는 코란과 성서를 통해서
도돌라와 잠이라는 아담과 이브의
인간적인 고통과 좌절, 좁혀지지 않는
차별과 불평등을 쉴 새 없이 보여준다.
그리고 마침내 그들만의 '에덴'이었던
사막으로 돌아가지만 '에덴'은 거기 없다.

도돌라와 잠은 어디로 갈 것인가?

"횃불은 낙원을 불태우려고 든 것이고,
물은 지옥에 끼얹으려고 든 것이다.
그렇게 양쪽의 베일을 없애야만
사람들이 진정한 예배를 드릴 테니까.
보답을 바라고 드리는 예배도 아니고…
체벌이 겁나 드리는 예배도 아닌…

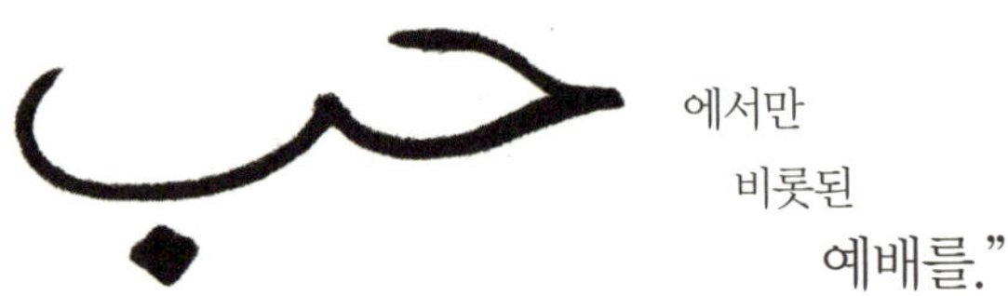

에서만
비롯된
예배를."

PS. 분권을 하지 않은 뚝심에 박수를!

슬로우 리딩, 과연 가능할까?

TV 채널을 무한 반복 돌려대는
나는 책 읽기에서도 예외는 아니다.
장소에 따라 다른 멀티플레이형
독서가 이루어지곤 한다.

지하철에서는
최대한 가벼운 책으로 선택한다.
〈책을 읽는 방법〉같은 책으로.

장소를 가리지 않는 정신 없는 독서는
요즘도 계속되고 있고 이런 독서 패턴을
따끔하게 꼬집는 작가가 있었으니
그는 바로 '히라노 게이치로'

그의 까칠하고 꼼꼼한
〈책을 읽는 방법〉은 무엇일까?

제 1 단계   쌓인 책부터 정리하자.
주위에 휩쓸리지 않고,
자기만의 독서를 해야지.
무엇보다
'속독 콤플렉스'에서
해방돼야 해!
내가 언제
저렇게 많은
책들을 읽다
말았지?
나를 읽어, 제발!
제 2 단계   먼지 쌓인 사전을 펼쳐라.
왜?
왜?
왜?
모르는 단어는
사전도 찾아보고
'왜'라는 질문을
끝없이 하면서
읽어야지.
오호라!
이런
뜻이!
왜?

구구절절 옳은 글만으로 채워져 있는데
그러나… 그러나!

신간이다!
신간 나왔어!
저 책, 완전 네 취향.
나 읽어 봤어?
빨리 가자.
와!
와!
와!
아직도 안 읽었어?
그 중 가장 치명적인 것은 쌓이는 신간의 유혹들이 너무 많다는 것이다.
네가 고른 신간 열 권이야. 어서 읽어~
꺄악!
읽
너 먼저 읽자!
슬로우 리딩, 성공할 수 있을까?

chapter 4

소소하고도 특별한 오늘

매일 오후 3시,
나는 무엇을 하고 있었지?

아사오 하루밍, 〈3시의 나〉

책에 담을 수 있는 내용은 얼마나 다양할까?
대서사적인 소설일 수도, 고뇌를 함축적으로
표현하는 시일 수도, 잔잔한 일상의 에세이일 수도,
홀로 또는 친구와 떠난 여행서일 수도 있다.

그래서 나는 작가들이 대단하다고 생각한다.
같은 지구인이면서 외계인 같은
상상력을 발휘해 발상의 전환을
일으키게 하는 글들.

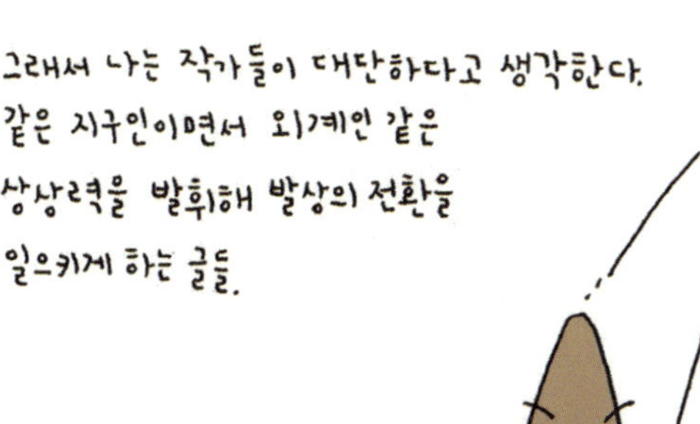

그러다 정말 매력적인 책을 만났다.

와— 사랑스러워!

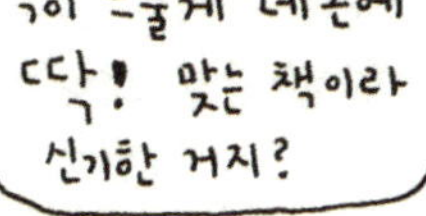

< 3시의 나 >

하~아~

양중

극히 드물게 네 손에
딱! 맞는 책이라
신기한 거지?

<3시의 나>는 많은 부분 나를 놀라게 했다.
비주얼 면에서 다른 책과 확연히 차이 나는
사이즈에 놀랐고, 강박적인(?) 깔끔함에
놀랐고, 무엇보다 작가 아사오 하루밍의
끈기 있는 근성에 놀랐다!

365일 동안 하루도 빠지지 않고
같은 일을 한다는 것이 얼마나
집요한 노력이 있어야 하는지 알기에
이 조그만 책이 더욱 특별해 보였다.
그리고 작가는 시간까지 정한다.

"3시에는, 3시 정각이든,
3시 10초든, 3시 45분이든,
또 3시의 행동을 통해 상기되어 과거를
거슬러 올라가서 떠오르는 모든
일들이 포함되어 있습니다."

그럼 그녀의 3시를 잠깐 볼까요?

"컴퓨터 앞에 앉아
우동을 후루룩거리기"며

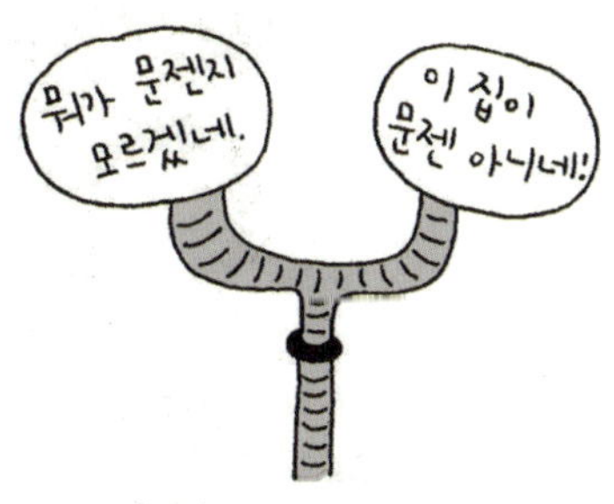

"집에 복사기 점검하는
사람이 왔다.
내 집에 남자가 있다"
며 강한 한 줄을 남기기도 하고

아랫집에서 어딘가
역류할 때 드디어
'내 집에 남자가 있었지.
관리사무소 아저씨가.'

"거긴 가입하는 게 좋아. 협회에
전용 묘지가 있어서 평생 독신으로
살다 죽어도 저승길이 쓸쓸하진 않거든."
이라며 제법
비장한 글이 등장하기도 한다.

"여자 셋이 꽃구경을 왔다.
…

무엇을 살지 눈이 쏠린다.
마실 것으로 맥주를 산 다음,
야키소바를 살까, 다코야키를 살까,
볶음 쌀국수는 별로지요? 라며
고르는 사이에 그만
포장마차도 보이지 않는
외진 곳까지 걸어와 버렸다.
이건 마치
세 여자의 인생을
암시하는 듯하다."

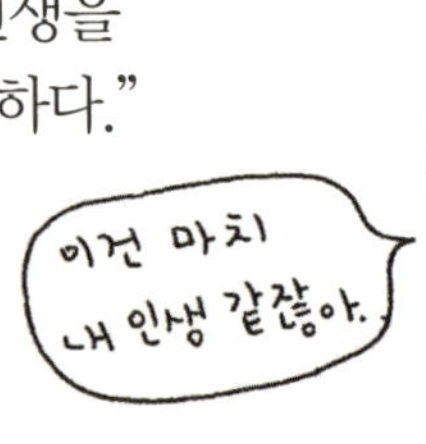

"붕어나 돼라!"

이 모든 3시의 일들을 그림 한 장과 함께
성실히 써나가고 있는 작가 아사오 하루밍.

그래서 나도 문득 따라 해보았다.

"매일 오후 3시, 나는 무엇을 하고 있었지?"

3월 1일 (금)

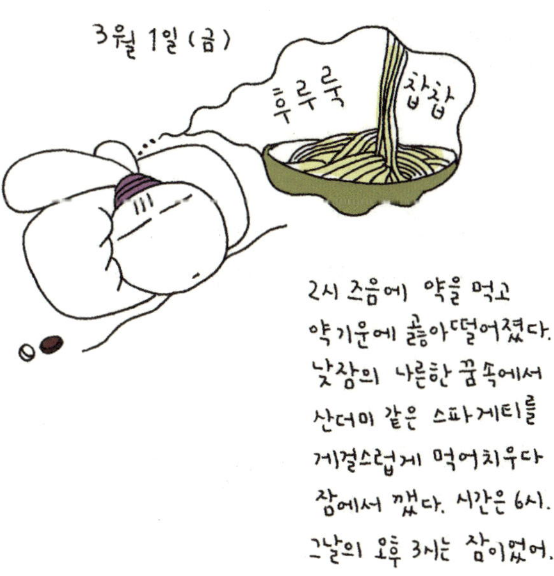

2시 즈음에 약을 먹고
약 기운에 곯아떨어졌다.
낮잠의 나른한 꿈 속에서
산더미 같은 스파게티를
게걸스럽게 먹어치우다
잠에서 깼다. 시간은 6시.
그날의 오후 3시는 잠이었어.

3월 2일 (토)

얼마 전 득템한 비데를
상쾌하게 사용하며
맡은 바 임무를 수행중이다.
너란 비데의 장단점이
뭐냐? 단점을 못 찾겠네.

3월 3일 (일)

아사오 하루밍의 〈3시의 나〉는 얼핏 보면
열정적이거나 전투적이지는 않다. 하지만,

마치 내가 하루하루를 살아가듯 평범하게 치열하다!
그 평범함 속에 아사오 하루밍이라는 사람이
고스란히 진솔하게 담겨 있다. 어떤 날은,

"일하자, 일
(겨우 살아 있다. 나는 이제 이것밖엔)."
이라며 감정을 극도로 자제하며 부서지는 자신을
드러내 보이기도 한다.

평범한 우리는 일상적인 삶을 획일적으로
살아가는 것 같지만 개인의 시간은 결코
가치 없는 시간이 아니다.
나는 그걸 아사오 하루밍의 〈3시의 나〉에서 읽었다.
왠지 3시가 행복해진다.

아직도 이 책을 살까 말까 읽을까 말까
망설이는 당신에게 한마디.

"아사오 씨,
이거 살까 말까
망설여지는 책이 있지요?
책이란 건 좋은 페이지가
한 장이라도 있으면 사야 되는 거예요.
나중에 반드시 사길 잘했다고
생각하게 되죠."

PS. 나도 시작했다!

서울을 떠나 독립을 꿈꾸다

노석미, 〈서른 살의 집〉

버지니아 울프 여사는 독립적인 생활을
하기 위해서는 '자기만의 방'과
'500 달러'의 경제력이 필요하다고 말했다.

그러나 지금은 '자기만의 집'과 '자신을
책임질 경제력'이 필요한 시기가 됐다.

그중에서도 자기만의 집을 갖기 위해,
혹은 찾기 위해 고군분투하는 이들은 오늘도
부동산의 전세란을 이잡듯이 뒤지고 있을 거다.

그러다 현실을 직시하고 변두리로 눈을
돌리게 된다. 노석미 작가처럼.

'남겨진 약간의 액체' 같은 에세이.
그러나 슬픔만 있는 것은 아닌.
바닥에 약간 남은 액체를 아껴가며
아쉬워하며 핥아 읽은 에세이.

도심 속 화려한 아티스트의 삶이 아닌
변두리 생활인 아티스트를 보는 건
내게는 또 다른 즐거움이었다.

'작고, 당차고, 까칠하고, 쿨한' 이야기꾼
노석미의 집은 넓다!

서울에서 이런 작업실은
비싼 비용을 내야하고,
그럼 싫은 일을 해야만 하는
그런 쳇바퀴가 싫어 '탈서울'을
감행하고 얻은 '집'은
서울의 한적한 곳이었다.

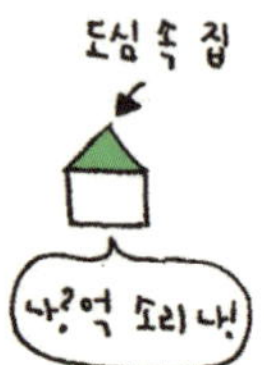

그도 그럴 것이 넓게 쓸 작업장이라면
이만한 조건도 없겠다 싶었다...지만,
역시 작가는 강심장!

난생처음 홀로 살게 된
작가는 이렇게 말한다.

"아직 이 집에 적응하지는 못했어도,
나는 자존심 때문에라도 다시 서울로 갈 수 없었다.
그리고 돌아갈 곳도 없다고 생각했다.
내 짐이 놓인 곳이 바로 내 집이란
생각에 괜찮다고 생각했고,
무엇이든 영원한 소유는 없다는 생각이
힘들 때를 견딜 수 있게 했다."

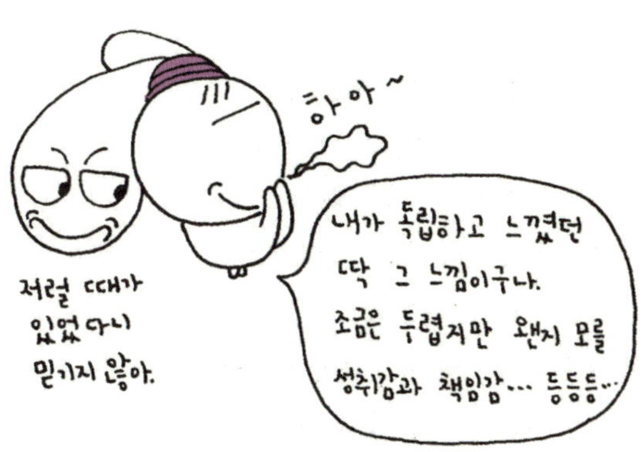

그리고 작가는 '점점 둥글둥글해지며'
변두리에서 변두리로 자의 반 타의 반
이사를 다니며 생활한다.
그러나 작가의 작품만은 둥글둥글해지지
않고 개성 강한 삼각형의 눈에 띄는
꼭짓점마냥 우뚝 솟아 있다.

"그런 소유가 인생의
목표가 되어서는 안 된다고 생각했다.
현실이 아무리 초라하고 비루할지라도
(이런 감정은 사실 타인과의 비교 때문에 일어나는 일이다)
스스로의 삶에 집중하지 않는다면
헛된 인생을 사는 것일 뿐이라고 생각했다.

지금 내가 살고 있는
이 순간은 계속해서
흘러가고 있기 때문이다."

무언가에 몰두하는 삶은 아름답다.
작가는 다양한 스타일의 작업을 하고
자신만의 라이프 스타일을 확고히 구축한 듯
보인다. 이런 삶이 얼마나 고되없을지
짐작하는 나는… 작가의 이 슬픈 이야기가
되레 부럽다. 누구나 자신만의 집에서
오롯이 자신에게 집중하며 살지는 못하므로.

바다가 보이고 산이 보이던 부모님 집에서 독립해
나만의 집에서 생활한 지 어언…
작가의 변두리 생활에서 동질감을 느끼는 건
홀로 사는 이만이 느낄 수 있는
'남겨진 약간의 액체'랄까.

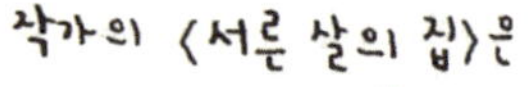

〈서른 살의 집〉 중에서.

여전히 변두리 생활을 하고 있지만
어엿한 땅에 번듯한 집까지 지어
그리고, 읽고, 쓰고 하는 작가 노석미.
그런 그녀는 집에 대해 이렇게 말한다.

"이곳에 온 지도 어느새 3년이 넘어간다. 여기서 얼마나
살게 될지 알 수 없다. 어떤 이는 이제 땅도 사고 집도 지었으니
앞으로 이곳에서 평생 살겠네 하고 얘기하기도 한다.
하지만 나는 그런 생각이 들지 않는다. 지나온 날들이 그랬듯이
나의 의지만으로 떠나고 새로 정착하는 것이 정해지지는 않는 것 같다.
그리고 나는 아직
떠남과 낯섦에 대해 두려움이 없다고 얘기하고 싶다."

그냥 애들이었던 예술가들의 이야기

패티 스미스, 〈저스트 키즈〉

어느 날 마트에서 장을 잔뜩 봐서
집으로 돌아오는 길에 갑자기 나를
아는 척하는 멀고 먼 사람들을 만났다.

외나무다리에서 만난
그들 피할 방법이란
딱히 없었다.
선글라스까지 낀 나를 알아봤으니.

그렇게 나는 지하철까지 걸어오는
500m가 될까 말까한 길에서
그렇고 그렇게 아는 사람을 두 명이나 더
만나고서야 지하철을 탈 수 있었다.

그날은 이렇게 낙엽 같은 인연들과 스치듯
만나게 된 날이었고 그게 그렇게 썩
좋지만은 않았다. 그리고···

소울메이트··· 인생을 통틀어 소울메이트라고
정신적으로 의지할 수 있는 누군가를 만난다는 건
분명 기적 같은 축복이다. 이들처럼!

〈저스트 키즈〉
JUST KIDS

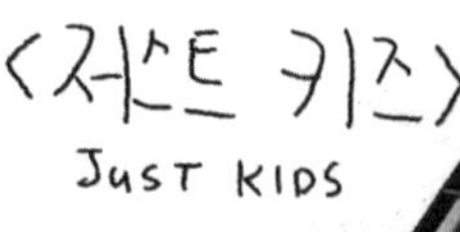

★ '패티 스미스와 로버트 메이플소프의 젊은 날의 자화상'이라는 부제에 걸맞게 그들이 아직 예술가가 아니던 '그냥 애들'이던 때의 반짝 반짝 빛나던 삶에 대해 이야기하는 책이다.

'여성 로커의 아이콘, 펑크록의 대모'로 평가 받으며 전방위적인 예술활동을 벌이고 있는 예술가.

예술과 외설의 경계에서 아슬아슬한 줄타기를 했던 혁신적인 사진작가.

서점에서 한눈에 반한 책 아르튀르 랭보의
〈일뤼미나시옹〉 책값 99센트가 없어
훔치기도 하는 패티 스미스.

"마음속으로
주문을 외곤 했다.
난 자유로워,
자유로워.
하지만
그 주문은 며칠 후에
다른 말로 바뀌었다.
배고프다, 배고프다.
배고프단 말이
먼저 나왔다."

먹을 것을 살 것인가 물감을 살 것인가를
두고 몇 센트까지도 따져서 고민에
고민을 해야만 하는 로버트 메이플소프.

그들은 늘 배고픔에 허덕였고 일자리를
찾아 헤맸으며 동전 하나에도 울고
웃는 생활을 했지만 단 하나 포기하지
않은 것은 자신들이 추구하는 예술과
둘이 함께 한다는 것.

서로에게 가족이 되어줌과 동시에

"우리는 서로에게로
가고 있었다."

"우리는 우리
스스로가 되었다."

가족이 되었다고 해서
이들이 일반적인 결혼이
라는 관습을 통해 가족이
된 것은 아니에요.
이들은 결코 결혼하지 않고
소울메이트 관계를 유지하는
독특한 정신적 유대를
형성해요. 예술가라
가능했던 것인지 . . .

그리고 그들에게 행운이없던 것은
적절한 시기에 적절한 장소에서
적절한 예술가들과 어울릴 수 있었던
절묘한 타이밍에서 비롯된 것은 아닐까.
시대를 잘 타고났다고 해야할까?

그렇게 힘들고 고된 시간 속에서
패티와 로버트는 같은 공간에 있었지만
추구하는 예술의 방향은 달라진다.
패티는 점점 음악 속으로
로버트는 게이와 바이를 오가는
혼란스런 성 정체성 속에 파격적인
주제를 다루는 사진 속으로.

그리고 그들은 다른 모든
예술적인 존재들이
그랬던 것처럼 헤어진다.

"우린 어떻게 될까?"

"우린 안 변해."

변하지 않고
영원한 것은 없다.
그러나...

서로가 서로에게 의심 없이 사심 없이
의지할 수 있는 존재가 된다는 건 마법이다.
'그 시절은 우리가 마법을 믿었던 때'
이기에 가능한 믿을 수 없는 마법일지라도.

죽어가던 로버트는 패티에게 묻는다

"패티, 우리가 진정 예술을 찾은 걸까?"

그들은 기필코 예술을
찾았구나...그것도 굉장한!
패티 스미스의 노래 'Glora'와
로버트 메이플소프의 작품 '백합'이
활짝 핀 카페에서 내게도
이들과 같은 소울메이트가
있었으면 좋겠다는 생각을 했다.
'그냥
애들'
일 때
만났어야 해.

자살 = 커피 한 잔?

펑펑
로아이 빠거거!
쌓이면 골치 아픈데.

그리고 나는 제목 덕분에 이 책을 오해했다.

아버지가 아들에게 베풀 때에는 둘 다 웃지만,
아들이 아버지에게 베풀 때에는 둘 다 운다.
– 윌리엄 셰익스피어

딸만 있어 다행이야!
– 엘리엇 부

'한 번도 책을 낸 적이 없고,
언제나 독자이고, 지금도 독자'라고
자처하는 엘리엇 부는 이 책을
이렇게 정의한다.

'수집을 기록'했다는 그의 말처럼 이 책은 온통 그가 그어놓았던 밑줄의 내용들로 넘친다. 어디를 펼쳐보아도 고개가 끄덕여지는 그런 문장들의 향연이 펼쳐진다.

기억하라. 외롭다고
느끼는 순간이야말로
혼자만의 시간이
필요한 때이다.
삶은 그야말로
잔인한 아이러니다.
— 더글라스 쿠플랜드

당신이 바쁘게
계획을
세우는 동안
인생이 지나가
버렸다.
— 존 레논

하려면 하고,
말려면 마라.
시도는 없다.
— 요다

자살을 할까,
커피나 한 잔 할까?
— 알베르 까뮈

어디를 펼쳐도 주제와 상관없이
내 마음 같은 문장이 후두둑 쏟아진다.
때로는 그 어떤 인생의 지침서보다
짧디짧은 한 마디가 내게 힘을
주기도 한다. 이 한 문장처럼.

세계는 한 권의 책이다.
한 군데 머물면 한 페이지짜리 인생이다.
  – 세인트 오거스틴

독서는 세계여행이다.
독서하지 않는 사람에게는
출장만의 있을 뿐이다.

  – 엘리엇 부

문을 열기 전까지는
동이 트는 것을 모른다.

– 에밀리 디킨슨

나는 당신의 독자입니다

카밀리앵 루아, 〈소설 거절술〉

출판사에 얼마나 많은 무명의
작가들이 두근거리는 마음으로 원고를 투고할까?

한 달만 따져도 한두 편이 아닐 텐데
그런 원고들은 어떻게 처리될까?

자신의 분신 같은 원고를 출판사에 보내고
무명의 작가는 하루하루 피가 말라간다.
급기야 그는 피골이 상접한 상태에서
한 통의 메일을 받는다.

쌓여 있는 원고에 치이다 지친 편집자는
무명 작가의 작품을 무참히 짓밟으며
매정하게 '맹비난'으로 일관한다.
가뜩이나 시간도 없는데 쓰레기 같은 원고를
읽어야 하냐며 온갖 불만을 추가한다!
이런 거절의 편지가 무려 99개나 있는 책!

〈소설 거절술〉

편집자가 소설 원고를
거절하는 99가지 방법.

<소설 거절술>은 작가 카밀리앵 루아가
받은 거절 편지를 꼬박꼬박 모아
세심하게 분류까지 해놓은 책이다.

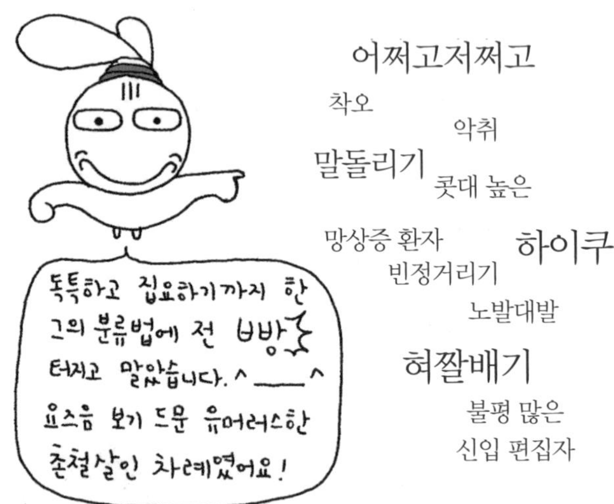

작가는 이 독한 거절술을 읽기 전에
들어가는 말에서 살뜰한 충고도 잊지 않는다.

"틀림없이 당신은 내가 상황을 과장한다고,
없는 말을 덧붙인다고, 지나치게 드라마틱하게
묘사한다고 생각할 것이다. 그래도 첫 소설을
내줄 출판사를 찾는 것이 그리 어려운 일은 아니라 믿고 싶겠지.
증거를 원하는가? 그 상세한 근거들을? 그렇다면 잘됐다.
이 책을 읽으시라!"

뜨아
독·하·다!

회의주의
오늘날 출판계에서 성공하기 위해서는 피, 폭력,
섹스가 난무하는 책을 출간해야 합니다.
위대한 고전문학에서 발견되는 섬세함, 지성,
우아함은 확실히 요즘 트랜드는 아닙니다.
잘 쓴 작품을 애호하는 대중은
이제 존재하지 않아요.

정말?

다제고짜
앞으로
이런 원고들로
우리 편집위원들을
괴롭히는 일은
다시 없길 바랍니다.

사기꾼
귀하께서 선불금을
현금으로 주시면
…

싸구려
잘 들으십시오.
독자들은 서점에 가서
묻습니다. "안녕하세요.
여름휴가 때 읽을 책을
찾고 있어요. 가벼운
것으로요. 무슨 책을
추천해주시겠어요?"
그러면 서점 주인은 자신의
금전등록기를 채우기 위해
선생이 쓴 소설과 같은
졸작을 골라줄 겁니다.
빠르게 구매되고,
빠르게 읽히고,
즉시 소화되는
대중소설 말입니다.

분풀이
당신은 문학이
무엇인지도 전혀
모르면서 너무
많은 종이를
더럽혔소.

징글징글
당신의 원고는
똥덩어리입니다!
선생, 이것은 문학이 아닙니다.

장르도 다양한 99가지의 거절 방법은
때론 잔인하고 때론 어이없으며
때론 무릎이 꺾이는 좌절이 될 것이다.

어떤 방법으로든 거절은 무명 작가에게는
뼈아픈 일이 될테니까.

지금도 어딘가에서 숱한 밤을 새우며
글을 쓰고 있는 무명의 작가 여러분,
수천 번을 고쳐 쓴 원고를 출판사에
투고하기 전에 〈소설 거절술〉을 읽으세요.

100번의 거절에도 굴하지 않고
101번째 다시 보낼 수 있는 용기와
패기, 집요한 지구력과 최강의
자신감으로 편집위원들을 괴롭히길 바랍니다.

당신이 101번째 거절당한 그 소설은
어쩌면 내가 미치도록 찾던 소설일 테니까요.

좌절로 펜을 놓기 전에 미래 당신의
열렬한 독자를 생각해보세요.

PS. '철물점 상인' 때문에 빵빵 터짐

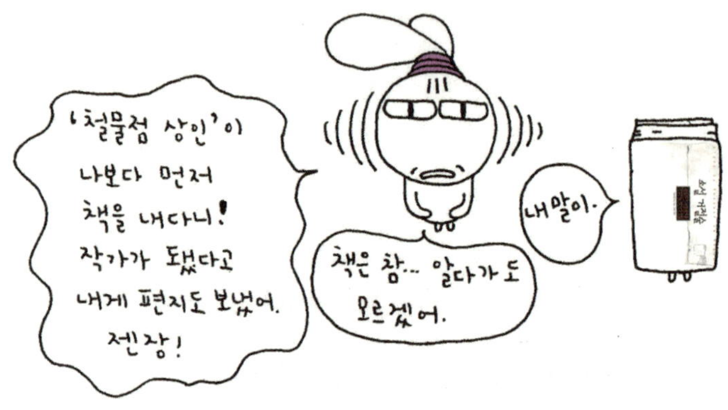

나의 창조적 책읽기는 진행형

마쓰오카 세이고, 〈창조적 책읽기, 다독술이 답이다〉

여전히 내 책상에는 책이 쌓여만 가고
이럴 때는 매번 속독이라도 익혀야 하나? 를
심각하게 고민도 했다. 아니, 하고 있다.

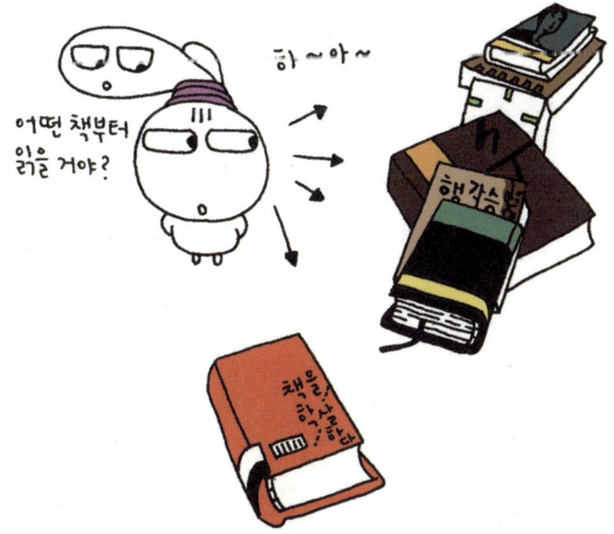

쌓이는 책을 밀리지 않고 읽고 싶은 마음은
굴뚝같지만 쉽지가 않다. 누구는 열 권을
동시에 읽으라는데 2, 3 권만 동시에
읽어도 그 중 한 권은 읽다 포기하는 지경에
이르니… 어찌 다독이 가능하겠는가?

이런 내게 다독술이 답이라 말하는 독서의 神이
있었으니, 그 이름도 유명한 마쓰오카 세이고!

진정 이것만이 답이란 말인가?

< 창조적 책읽기, 다독술이 답이다 >

인터넷에서 북 내비게이션 '센야센사쓰'를 통해 하루에 한 권씩 리뷰를 올리는 마쓰오카 세이고의 독특하지만 알기 쉽고, 창조적이지만 평범한 그의 다독술에 나, 밤 새웠다!

새벽 3시 이전에는 결코 잠들지 않는다는 그의 창조적 책읽기는 내 새벽잠까지도 달아나게 만들기에 충분했다. 그럼, 어떤 책 읽기가 있었냐구?

1. 계보를 따르는 독서

2. 전집 독서

"신문, 잡지, 단행본, 만화, 악보 등 어떤 것이든
모두가 '독서'이고 이런 독서에는 우열도 귀천도
구별도 없다고 생각합니다만,
역시 독서의 정점은 '전집 독서'입니다."

마쓰오카 세이고 日

"우선 그 위용에 압도당하기 마련입니다.
대부분은 튼튼한 상자 안에 들어가 있기 때문에
좀처럼 꺼내 볼 엄두가 나질 않습니다.
그냥 장식해두는 것만으로도 만족스럽습니다.
(웃음)
그렇지만 바라보고만 있기에는
너무 아깝지요.
이제 그것을 갉아먹기 시작합니다.
암벽등반이지요.
지극히 당연하게도 금방 나가떨어집니다.
그러면 다시 도전합니다.
두 번째 붙었다가, 세 번째 붙었다가…
이게 얼마나 재미있는지
도저히 그칠 수가 없습니다.
(웃음)"

이 대단한 독서가가
그까이꺼 다시 도전하면 그만이라며
평범한 답을 내놓을 때 난,
마쓰오카 세이고에게 반했다!

이 두 가지 방법 외에도 '매핑 독서법'이나

'책장 배열법'이나

'키북' 등등등...

여러가지 방법이 있지만

그러나 이게 없다면 이 모든 독서법도 소용이 없을 것 같다.
'자신의 독서 취향을 발견하는 것!'
무조건 속독으로 읽기보다 (저자도 속독을 권하지 않더라.
빨리 먹는 밥이 체하는 것처럼) 서서히 한 권씩 읽으며
다양한 독서법을 활용하고 자신에게 맞는 취향을 찾는 것이다.

"먹는다는 것이 만남이기도 하듯 독서도 만남입니다.
예를 들어, 보통의 도서관에는 책이 대략 50만 권 정도
있기 마련입니다. 그 가운데 자신의 눈에 띄는 책은
아주 적지만, 백화점 지하 식품 매장의 시식 코너에서
조금씩 맛보는 것처럼 책의 맛을 조금씩 확인합니다.

이런 식으로 자신만이 가지고 있는 '식독의 다양성'에
조금은 충실히 따라가 보는 것이지요.
저는 그렇게 책을 읽어왔습니다.
그런 기분으로 책을 읽고,
책을 만지고,
책을 느끼는 것입니다."

오늘도 나는 수많은 책 속에서 내 취향의 책을
발견하기 위해 훑어보고, 만져보고, 펼쳐보고,
향기 맡아보며 고르고 또 고르는 중이다.
어떤 책이 나를 또 다른 세계로 안내할지.
나의 '창조적 책읽기'는 현재진행형이다.

창조적 도령읽기,
다독돌이 답이다
Noblesse4 APRIL 2010
자... 한번
골라볼까 ?
내 취향의 책.

전집에 꽂이다

내가 처음으로 심장 두근거리며 책장에 가지런히
꽂아두었던 전집은 〈민음사 세계문학전집〉

이 어마어마한 분량을 따라갈 자 누가될지.
〈민음사 세계문학전집〉은 전집계의 최강자답게
추종자 또한 많을 것이다. 다소 긴 판형이
처음엔 불편했지만 어느덧 민음사만의
독특한 판형으로 자리 잡았다.

하드한 양장보다는 소프트한 면이 있어
다른 양장보다는 가벼운 편이다.
남다른 감각의 표지가 책마다 특징을
잘 살리고 있다. 분권이라 살짝 아쉽지만
〈모비 딕〉을 찜하고 있다. 이러다,
다음 책이 또 나올 거야!

이 외에도 〈대산세계문학총서〉, 〈펭귄클래식 시리즈〉,
〈 을유세계문학전집〉, 민음사의 〈모던클래식〉등등의
전집에 눈을 희번덕거리던 그때, 혜성처럼 나타난
전집이 있었으니 〈문학동네 세계문학전집 〉

전집이 책꽂이에 꽂히는 것만으로도
뿌듯하지만 한꺼번에 채울 수 없는 것이 현실.
역시 전집은 한 권 한 권 인내와 애정을
가지고 소유하는 것이 진리인가 보다.

그럼, 당신은 어떤 전집을 애정하고 계신가요?

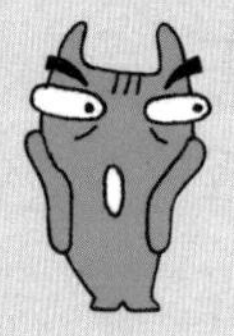

chapter 5

나는 점점 성장하는 중이다

재능과 그 재능을 꽃피우는 힘, 생각 코드

요네하라 마리, 〈교양 노트〉

요네하라 마리 여사의 〈팬티 인문학〉을
낄낄거리며 읽었었는데

팬티의 여운이 가시기도 전에 또
나와주신 마리 여사님.

'유쾌한 지식여행자의 80가지 생각 코드' 라는
마리 여사다운 부제를 달고 나온,

교양
교양 커피
교양 노트
"그것은 바로, 재능이란 재능
그 자체뿐이 아니라 그것을 현실에
맞춰 살리는 능력까지 포함한다는
사고방식이다. '나에게는 재능이
있는데 바보 같은 주위 사람들은
인정하지 않는다' 라고 늘 푸념만 하는
사람이 있다. 탤런트의 어원에 의하면
재능은 묻힐 리가 없다.
그 재능을 꽃피우는
힘도 재능에 포함되기
때문이다."
저 부분을 읽는데 무릎을
탁 쳤어요. 이건 마치
마리 역사잖아! 그녀의 글을
읽다보면 재능과 그 재능을
꽃피우는 힘을 느낄 수 있거든요.

그녀의 생각 코드는 정말이지 광범위한데
한 가지씩 따라가다 보면 언제 책을 덮어야 할지
타이밍을 놓치고 끝까지 달리게 된다.

- 흰색 웨딩드레스의 뜻 에서는
  〈비련의 신부〉가 등장하고

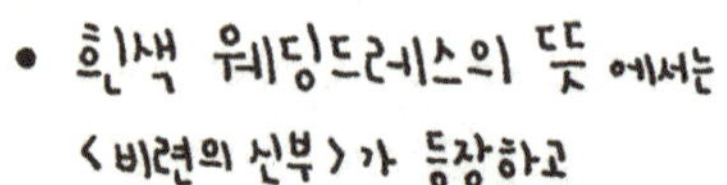

- 낮잠의 합리성을 얘기하고

● 타인의 눈에서

● 통근시간의 효용에서는

통근 시간 30분대 직장으로 옮긴 T
난 환승 때문에 아무것도 할 수가 없어. 젠장.
2시간 동안 책도 읽고 잠도 잤었는데… 이젠 아무것도 할 수 없어. 더 피곤해.

생각해보면 통근하는 두 시간 동안은 자거나 책을 읽는 것 외에는 아무것도 할 수 없는 시간이죠. 자신만의 자유로운 시간!

● 노출벽癖 에서는

오늘의 일기
초등학교 때 일기 검사를 하면 늘 동그라미를 네 개쯤 해주셨어요. 전… 일기 검사를 끔찍하게 싫어했어요.
얘 지금은 블로그 해요. 심지어!

이렇게 무엇이든 주제가 되는 마리 여사지만

● 자유라는 이름의 부자유에서는

이렇게 엄청난 지식과 경험에서 우러나는
수많은 이야기 속에서도 마리 여사는 충고를 잊지 않는다.

80가지의 생각 노트를 달리다 어느덧 새벽을 맞았고
옮긴이의 말을 읽다가 이번엔 가슴을 탁 쳤다.

그녀는 이미 이 세상 사람이 아니었다.
그것을 알고 있었는데도 그녀의
작품들을 읽다가 그녀가 죽었다는
사실을 새삼스레 깨닫고
허전함을 느끼고는 했다.

그랬다.
마리 여사는 2006년 5월 25일
난소암으로 세상을 떠났다.
조금 전까지도 내 옆에서
밝은 목소리로 끝도 없이
이야기를 뽑아내던 작가는
이 세상 사람이 아닌 거다.

그럼에도 그녀의 글들은 이렇게 생생하니…
그래서 난 아직도 그녀가 죽기 전까지 읽은 책에
대해 썼다는 〈대단한 책〉을 아직도
읽지 않고 있다. 마지막을 아끼기 위해 아쉬워하며…

● 단식을 권함 에서는

"아무리 '고급스러운' 지식이라고 해도 그저 쉴 새 없이
정보를 담아 넣기만 하는 뇌가 과연 지적이라고 할 수 있을까.
지성이란
지식의 많고 적음을 의미하기도 하지만,
오히려 지식에 대한 저작(詛嚼) 능력이나
운용 능력에 달린 것이 아닐까.
요컨대 사고력 말이다."

당신에게도
단식을
권함.
경제
국고채 5년
포맷
일괄?
"정보의 범람 속에서
현대인은 기억의 부담을
줄일 작정으로 부지런히
컴퓨터에 그 부담을
지우고 있다. 하지만 그것이
결과적으로 인간의 자유롭고
창조적인 정신 활동을
빈곤하게 만드는 것은
아닌지 염려되는 요즘이다."

"이건 뭐 지겨울 정도로 길어"
라며 여전히 연재를
할 것만 같아서.

마리 여사님
이라면...
지겨울 일
어
없어요~

니들이 바닷속을 알아?

간만에 서점 마실 가서 두툼하고
늠름한 이 책을 보는 순간 책장을
넘기지 않고는 그냥 지나칠 수가 없었다.

게다가 내용의 이해를 돕는 그림까지
곁들여져 있어서 읽는 재미와 더불어
'보는 재미'까지 갖추고 있어서였다.

그리고, 늠름한 자태와 읽는 재미에
보는 재미까지 선사하리라 기대하며
140년 전의 고전에 나름 야심차게
도전하게 된 이 책,

띠지를 벗겨 내면 짱짱한 양장에
표지에는 깊고 깊은 바닷속을 연상시키는
각종 어류와 잠수함들이 빽빽히 박혀 있다.
이렇게 손맛을 즐기며 책을 요리조리 살피던 중,
어?

잘 만든 시리즈에 열광하는지라 읽지도
않고 시리즈의 목차부터 확인에 들어갔다.

띠지의 뒷날개에 소개된
근간으로 〈모비 딕〉, 〈엉클 톰스 캐빈〉,
〈파리의 노트르담〉이 있던데
〈해저 2만 리〉와 같은
디자인이라면 나란히
꽂혀 있을 때의 자체발광에
눈이 부시지 않겠는가!

그러나 단점 없는 책이 어디 있나?
살짝 비싼 가격은 쥘 베른에게
단단히 마음먹지 않는 한 선뜻 손이
가지 않지만 일단 마음을 정한다면
〈해저 2만 리〉는 아깝지 않다!
주석도 546페이지를 들어서
넘겨야 볼 수 있는 미주에,

이렇게 대충(?) 하드웨어에 대해
훑어봤으니 그럼, 책 속으로 고고씽~~

쥘 베른의 〈해저 2만 리〉는 내게 제목만!
너무 유명해서 이른바 '제목만으로
읽었다고 착각하는 소설'이었다.
이런 소설을 원전 완역으로 읽게 될 줄이야!

내용을 굳이 밝히기도 민망한
〈해저 2만 리〉는 우연히 신비의 잠수함
'노틸러스'호에 타게 된 아로낙스 박사와
하인 콩세유, 작살잡이 네드 랜드가
'네모 선장'과 함께 해저 2만 리를
탐험하는 모험소설이다.

그리고 그들이 산책한 놀라운 탐험 경로는!
140년 전의 책이라는 사실을 잊을 만큼
쥘 베른의 해박한 지식과 상상력은 마치
심해를 '산책'하는 것과 같은 착각을 불러일으킨다.

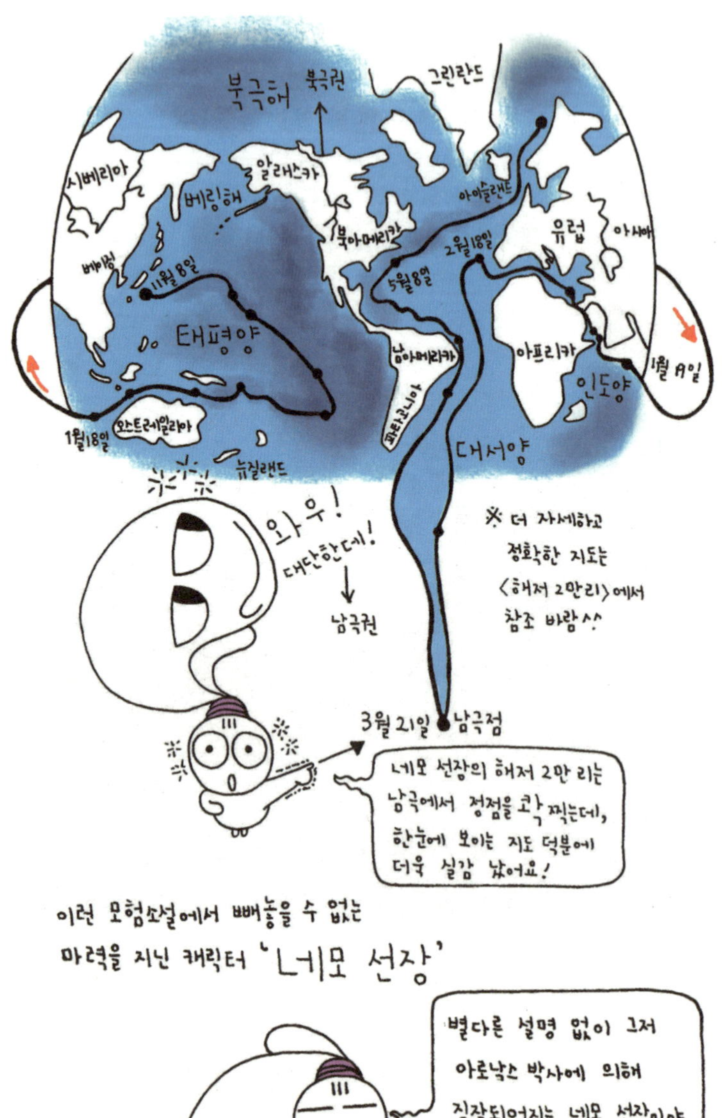

이런 모험소설에서 빼놓을 수 없는
마력을 지닌 캐릭터 '네모 선장'

속 시원하게 정체를 드러내지 않는 '네모 선장'이야말로
칠흑 같은 심해와 정체를 알 수 없는 '노틸러스'호와 함께
〈해저 2만 리〉를 꼭 읽어볼 만한 책으로 만들었다.
그리고... 라틴어로 '아무도 아니다' 라는 뜻의
'네모 선장'에 대해 궁금해지기 시작했다.
심해를 산책하며...

"너는 바닷속 깊은 곳을 거닐어본 적이 있느냐?"

나디아!

일본 애니매이션
'신비한 바다의 나디아'
의 원작이 무려
〈해저 2만 리〉였다.
어쩐지 '네모 선장'과
'노틸러스'호가 나올 때부터
내 알아보았다지!

완독을 한 어느날 지인이
'그 책, 재밌었어?' 라고 물었다.

나는 점점 성장하는 중이다

제프리 베넷, 〈우리는 모두 외계인이다〉

나도 한때 우주가 나를 중심으로
돌아가던 때가 있었다.

그러나 이런 환상은 오래가지 못했고
지리멸렬한 현실이 들이닥쳤다.
하루하루를 견뎌내며 어느새

우울증 초기 증상을 보이던 이맘때
친구와의 통화에서 갑자기 해답을 얻었다!

" 우주의 누군가가
인간을 만들었고
그 우주적인 존재에
비하면 인간은 한낱
먼지 같은 존재라는 걸
생각하면, 어쩐지
견딜 수 있어. "

친구의 이 한마디는 내 우울을 '한낱' 인간이 고민하는,
어쩌면 '하찮은 것'일지도 모른다고 말하는 것 같았고,
내 우울이 하찮아지는 순간 왠지 나는 가벼워졌다.
별거 아닐 수도 있구나…
그래서 나는 멍뚱하지만 과감하게
우주로 관심을 돌렸다.

〈우리는 모두 외계인이다〉

* kbs의 시사 교양 프로그램으로
현재 종영됨.

이 책은 일단, 가능성의 책이다.
우주에는 또 다른 생명체가 존재할
가능성이 있으며 문명이 존재할 수도
있으며 은하계의 어딘가에는 지구에
버금가는 생명체가 살 수 있는 별이
존재할 가능성이 있다, 는 것이다!
그리고 지구와 인접한 별에서의
생존 가능성을 조목 조목 따진다.

"이 책에 머리를 싸매고 이해하기 위해
고민해야 하는 어려운 과학 개념은
전혀 포함되어 있지 않다.
기본적인 합리적 관점과
명확하게 밝혀진
과학적인 사실만
알고 있다면
어쩌면
상식적인 이야기라고
할 수 있는 수준으로
논리를 전개하고
있을 뿐이다."

그럼에도 불구하고
'기본적인 과학 개념'을
넘기다 보면 상당히 흥미롭다.

특히, 우주와 외계 생명체의 존재와 탐사를
통해 그가 극복하려 하는

우주 중심 증후군
: 너무나 많은 사람들이 우주가 자신을
중심으로 돌아가고 있다고 믿는 현상.

제프리 베넷은 자신의 저서를 통해
이를 극복하려는 이야기를 하고 있는
것이다.
광활한 우주에 비하면 '한낱'
인간은 얼마나 미미한 존재인지.

나아가 그는 '우주 중심 증후군'을 범죄로
여긴다. 물론 그 예가 독재자의 모습이긴
하지만 말이다. 그러나 이런 예는 극단적인
불치병 수준의 예이고 평범하게는 우리 모두가
해당한다.

"우리는 모두 이러한 성격을 갖고
태어났으며 자신은 어떻게든
다른 사람들보다 특별하고, 좀 더 낫고,
더 중요하다고 생각하는 것이
인간 본성이기 때문이다."

제프리 베닛은 기꼴론 그렇게 믿지 않지만, 어쩌면 우주에서 유일한 문명과 생명체들 가지고 있는 지구를 지키기 위해 우리는 무엇을 해야 하나? 아이들을 위해 지금을 살고 있는 지구인들은 고민할 시간 따위 없는 지도 모른다. 지구온난화의 속도가 점점 빨라지는 것을 보면!

제프리 베넷의 말처럼 증후군을 극복하긴 어렵지만 우리는 올바른 쪽으로 '성장하는 중'이다. 이런 노력이 끊임없이 시도되고 좌절되지 않는다면 우리는 그 무한한 '가능성'의 실체를 볼수 있을 것이다. 제프리 베넷은 이 모든 주장을 믿게 한다.

잠깐!

먼 우주의 어떤 존재가 우리에게
먼저 신호를 보낼 수도 있지 않을까?

"모두 어디에 있을까?"

PS. 나는 '우주 중심 증후군'에서 벗어났는가?
전혀 그렇지 않다. 불쑥불쑥 재발한다.
그리고 문득문득 무기력해진다.
체스터 브라운* 콤프레를 할 만큼.

* 체스터 브라운(Chester Brown) :
  캐나다 만화가,
  대표작 〈너 좋아한 적 없어〉

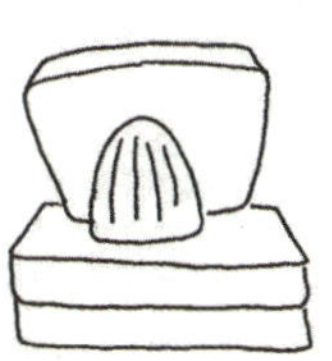

그럴 때면 나는 사진 한 장을 볼 거다. 몇 시간이고.
'보이저 1호가 우리 태양계 외곽에서 찍은 지구'

태양계에서 바라보는 지구는 고요하고 경이롭다.
그 속은 개미지옥일지라도. 나는 하찮은 인간이지만
점점 성장하는 중이다.

하는 편을 택하겠소

허먼 멜빌, 〈필경사 바틀비〉

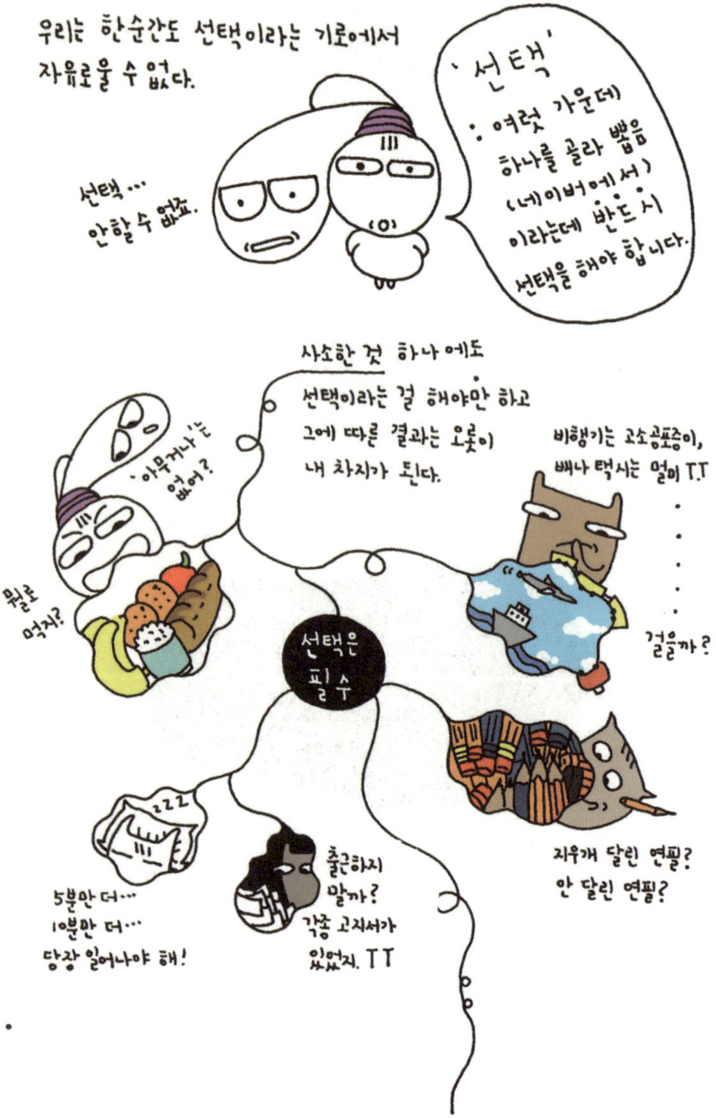

우리는 한순간도 선택이라는 기로에서
자유로울 수 없다.

아직도 생각해? 그때 그 일?!
선택한 일에 대한 결과는 종종 나를 배반하기도 합니다. 때론 참혹하게.
살면서 가장 기본적인 것조차 '안 하는' 편을 선택하는 삶은 어떻게 될까?
작가: 허먼 멜빌
그래 날세.
여러 직업을 전전했던 전설적인 작가에게서 바틀비를 보다!
그림: 하비에르 사발라
'돈키호테'도 그렸다네.
2005년 볼로냐 아동도서전에서 볼로냐 라가치상 픽션 부문 우수상
<필경사 바틀비>
드디어 내가 허먼 멜빌을 읽는구나!
그림 때문에 혹했다고 실토하시지?

출근한 지 사흘 만에 바틀비는
"안 하는 편을 택하겠습니다."

할 일이 산더미인데 안 하겠다구?
대체 바틀비는 왜?
바... 바틀비... 이것 좀 하겠나?
출근한 지 사흘 만에 바틀비는

이 한 마디만 남긴 채 사무실 구석에서
화석이 되어가는 바틀비.
그는 '못 하는' 것이 아닌
'안 하는' 것임을 분명히 한다.

그가 뭘 하는지, 무엇을 먹는지, 어떤 생각을 하는지
아무도 알 수 없고 알려주지도 않으며
알려고 하지도 않는다.
바틀비는 '안 하는 편을 택'한 것뿐이다.

읽는 동안 바틀비는 왜, 왜, 왜? 라는
물음들만 가득했고 수많은 물음표 속에 간혹
말줄임표가 둥둥 떠다니기도 했으며
마침내 잔잔하게 마침표를 찍었다.
바틀비의 '안 하는 편을 선택'함에.

안 하는 편을 택할 용기는 내게 없으므로.
바틀비는 조용히 자기만의 방식으로 생을 마감한다.
처음부터 존재하지 않았던 것처럼.

내가 하는 편을 택하더라도
언젠가는 죽음이 닥치겠지만
그전까지 나는 찬란한 삶을 살고 싶다!

그리고 비바람이 거센 어느 날
안 하는
편을
택하지 않은
나는…
괜히 나왔어.
괜히 나왔어.
2米
↑
무거워서
바람에도
끄떡 없는!
묵묵히 하는 편을 택한다.

죽기위해 사는 삶이 아닌
찬란하게 사는 삶을 위해.

하는 편을 택하고 아주 작은 것에서 행복을 보다.

PS.   '일러스트와 함께 읽는
      문학동네 세계명작' … (이거 혹시
                          시리즈인가요?)

* 2011년 출간
** 2012년 출간

이 남자, 보통이 아니다

이석원, 〈보통의 존재〉

내가 이 책을 읽게 되리라곤
나조차도 상상하지 못했다.

왜 ?

이 책은 좋아라 하는 소설도 아니었고
심지어 요리책, 여행책 다음으로
손도 안 가고 읽지도 않는 산문집이었다.
그런 어느 날,

보통의 존재
또, 또, 껍데기!
서점에서 무심코 만져본 이 아이, 손에 닿는 느낌이 너무 좋은 거였어요. 발랄한 색깔하며!

네가 이해해.
그래서 날 읽으셨나요?
미안... 내가 편식도 심한데 게다가 편견까지 있지 뭐니.

그랬다.

난 편견에 사로잡혀 또 한 명의
연예인이 책을 냈구나... 이러면서
무관심하게 그저 쓰다듬어 보았을 뿐
읽을 생각은 하지 않고 있었다.
그런 내게 지인은,

이런 사연을 안고 읽게 된 〈보통의 존재〉를
나는 잠자리에 들기 전, 아주 아주
가벼운 마음으로 집어들었다.

그런데...

보통이 아닌 이 남자의 책을 끌어안고
새벽까지 스탠드 불빛을 비추며
두 눈이 빨개지도록,
가끔은 목구멍의
따끔거림을
느끼며
그렇게
읽어갔다.

이 남자의 일기를 야금야금 훔쳐보던
어느 날… 드라마틱한 장면을 목격했다.

"두려움

세상의 수많은 두려움 중에서 아주 일상적으로
언제나 마주치는 것. 거절당하면 어쩌지? 하는 두려움."

거절당하는 저 남자의 떨림까지
고스란히 느꼈던 그 날,
나는 '보통의 존재'를 느꼈다.
아… 그도 그랬었지?… 나도 그랬었지?
우리는 그랬었지? 하는 묘한 공감들.

비로소 나는 음악프로에서 굳은 얼굴로 예민하고 감성적으로
노래하던 '언니네 이발관'의 이석원을 하얗게 잊어버리고
작가 이석원으로 보기 시작했다.

사랑도 하고 결혼도 하고 이혼도 하고
정신병원도 가고 집이 망하기도 하고
그래서 노부모와 같이 살아가기도 하고
평생 약을 달고 살아가야 하고
'전쟁처럼 자기 자신과 싸우며'
미루다 미루다 일상으로 나오기도 하는

이 남자는…

수많은 공감을 일으키는 그의 글은 아마도
이런 '보통의 존재'들이 느끼는 일상 때문일 것이다.

묘하게 나를 닮은(?) 이 예민한 남자의
일기장을 격•하•게 끌어안아 본다.

보여지는 일기장이 어디까지 솔직해질 수
있는지를 담백하게 '드러내어' 성상함을
벗어던진 이 남자의 일기를 한동안
가방 속에 품고 다닐 것 같다.

…감히 손은 못 잡겠고…

PS. 연말이면, 아니 카페에 가면 보게 되는
연인들을 바라보며 그들에게 슬며시
노란색 책 한 권을 쑥스럽게 내밀고 싶어진다.
이렇게 말하며, '언제나 행복하세요~~~.'

바라만 봐도.

혼돈의 세계로 당신을 초대합니다

에드거 앨런 포, 〈도둑 맞은 편지〉

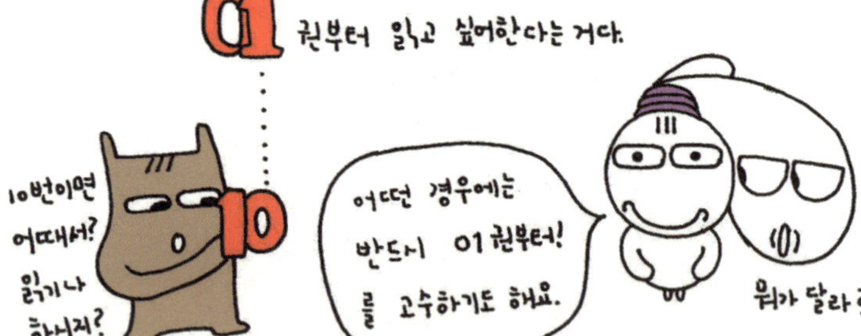

그 첫 번째
에드거 앨런 포
<도둑맞은 편지>

에드거 앨런 포의 보석같은 단편들 중 엄선한
다섯 편이 실려있는데 그 첫 번째,

'파렴치한 D 장관'은 고위층 여성의
편지를 훔치고 공개되면 안 되는 편지의
행방을 쫓기 위해서 뒤팽에게 의뢰한다.
뒤팽에겐 식은 죽 먹기!

"과도한 영리함만큼
현인들을 불쾌하게
만드는 것은 없다."

* 세네카(Seneca) : 로마의 철학자

두 번째 이야기   병 속에서 나온 수기

‘아름다운 범선’에 탔다가 죽음에 임박하게 된
주인공의 절박함과 미칠 듯한 공포가
그대로 전해진다.

"죽음이 임박한 자가 더 이상
무엇을 숨기겠는가."

− 키노, 〈아티스〉

세 번째 이야기 밸더머 사례의 진상

밸더머 씨는 죽음이 가까워지자
육체적 죽음과 정신적 죽음을 실험한다.
과연 죽음은 어떤 형태로 다가올까?

네 번째 이야기 함정과 진자

고문기계에 사로잡힌 남자의 공포는
끝없이 이어지고 공포는 또 다른 불안을
불러온다. 남자는 얼굴 없는 형리의
고문기계와 싸우지만, 인간이란 때로는
얼마나 나약하고 무력한 존재인가.

장난이던 보르헤스에게 에드거 앨런 포의
공포와 환상은 어쩌면 그의 내면과도
닮아 있지는 않았을까? 짐작만 할 뿐.

다섯 번째 이야기

어느날 '군중 속의 사람'을 보고 문득 사내의 행적을 뒤쫓는다.
그리고 마침내 맞닥뜨린 사내의 내면은 죄악으로 어둡기만 하고…
군중 속의 우리는 얼마나 많은 것들을 숨기며 외롭게 버티는가.

군중 속의 사람에서
나는 마침내 '심연의 공포'를 맛본다.
일상의 공포가 주는 비일상의 환상 그 심연 속으로…

PS. 에드거 앨런 포에 꽂혀

저거 저거
우울과 몽상 사이를
왔다…갔다…
하누나.

살짝 먼지 끼고
색 바랜 〈우울과 몽상〉을 꺼냈다

화창한 봄날에
우울~하게 한 편씩
몽롱~하게 한 편씩
읽으려구요. ^一^

꽃 꽂은거
보이시죠?
꽂힌 거예요.

그런데

저 문은 뭐지?

그러게?

들어…
가야지?

허버트 조지 웰스
〈마술 가게〉
02

나는 이미 '벽 안의 문'을
두드리고 있다. 문 안엔
어떤 일이 기다리고 있을지.

미국 대표 작가 21명의 집

J. D. 매클라치, 〈걸작의 공간〉

포크너의
앙상한 책상에선
은둔하는 작가의
완고함이 보이고

윌리엄 포크너의
고독한 책상

프로스트의
안락한 의자에서는
예민한 작가의
'떨리는 마음'이
느껴지고

로버트 프로스트의 나만 의자다! 싶은
모리스 풍 의자

어니스트 헤밍웨이의
수다스러운 포터블 로열 타자기

"글쓰기는
기껏 잘해야
고독한 삶이다."
— 헤밍웨이

헤밍웨이의
타자기에서는
아직도 쏟아져
나올 듯 타닥거리는
작가의 말들이 들리고

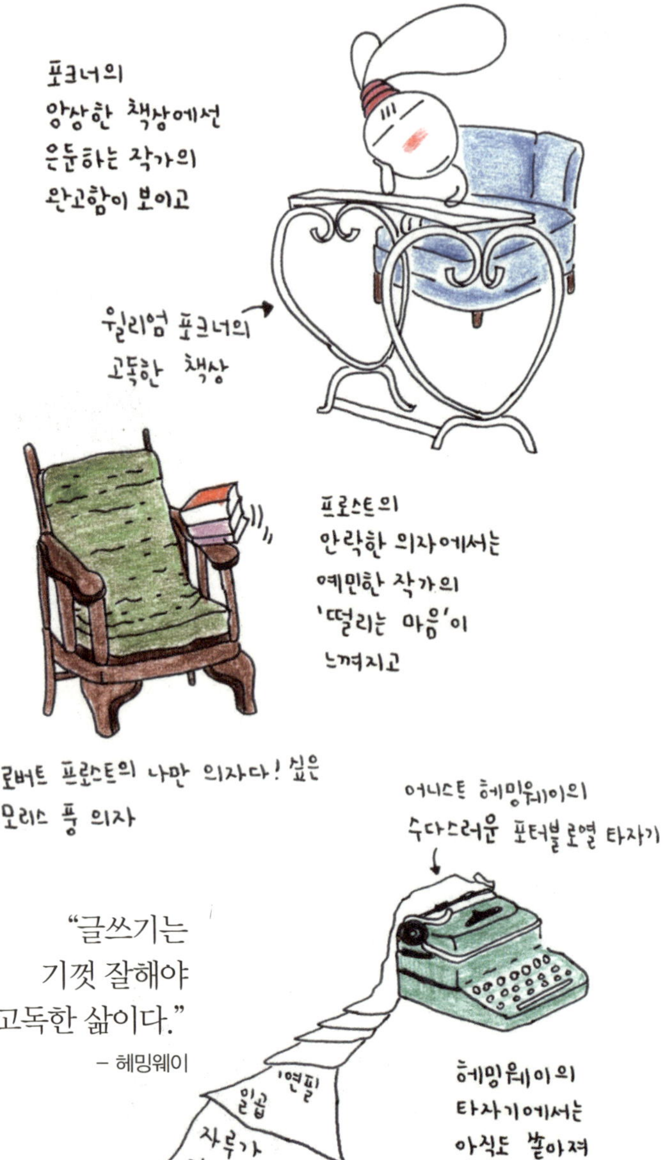

"배는? 위대한 신이시여 배는 어디 있습니까?"

– 〈모비 딕〉 중에서

너대니얼 호손의
'등받이가 높고 다리가 짧은
류머티스성 의자들'

"얼마 안 되는
순간을 위해서,
더 이상 시간과 맞서
싸우는 고생과 고뇌를
선택하지 않기 때문에
사람은 마침내 죽는다."

– 너대니얼 호손

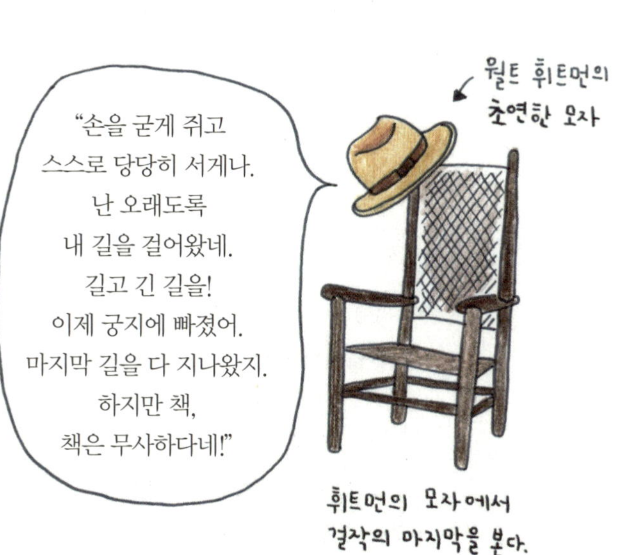

휘트먼의 모자에서
걸작의 마지막을 본다.

그 많은 걸작의 공간에서 문득,
작가의 깊은 사색을 느낀다.

"사람들은 자신의 꿈을 스스로 만든다."
– 베르길리우스

로빈슨 제퍼스의
성스러운 호크 타워 안.

'기껏해야 고독한 삶'이라는
헤밍웨이다운 말은 그의 사치스런
공간과는 무척 괴리감이 들지만
작가들이 아꼈던 공간이나
벽으로 향한 평범한 책상을 보면
그들의 고독한 삶이 보이기도 한다.

걸작의 공간은 …

지금 당신의 공간일지도 모른다.

책과 집은 어떻게 공존하는가

책의 재미에 빠지고 칼럼까지 연재하다 보니
자연스레 전보다 책이 많아졌다.

사실, 점점 증가하는 책 때문에 내 집구석
꼬라지는 말이 아닐 때가 왕왕 있다.

어쩌다 발 디딜 틈 없이 책이 널려 있는 상태를
본 이들은 하나같이 폭폭 잔소리를 쏟아내고는 한다.
"너, 책하고 이러고 사는 거야?" ... 네

그럼, 포화상태인 내 책과 비좁은 집은 어떻게 공존하냐고?
이럴게!
궁극의 책탑
TV 뒤쪽에도 책.
가장 아끼는
그래픽 노블들
그래픽노블
나 줘!
그것만은
안 된다,
안 돼!
가로, 세로
쌓기는 기본
여기도 책
책과 공존하려면
이게 당연하지!
안 그래?
카오스, 그 자체구나!
이 안에 책 있다!

작은방에는 벽면으로 책이 가득하다.
선물 받은 책들은 도저히 처분할 수 없다.
죽을 때까지 끼고 있을 거야!

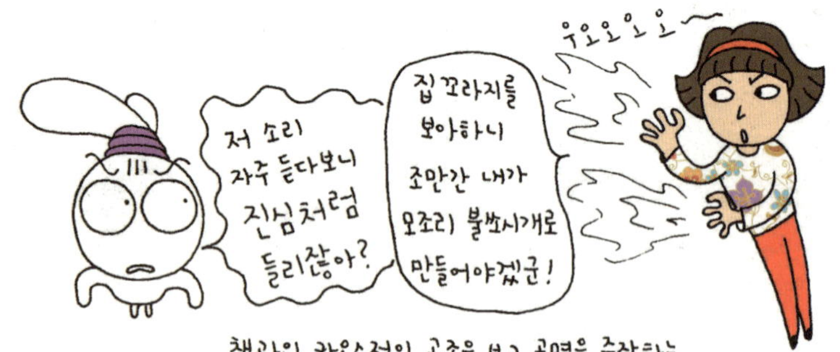

책과의 카오스적인 공존을 보고 공멸을 주장하는
그녀에게 딱 맞는 처방전을 사용했다.

포화상태인 나의 책은 이렇게
비좁은 나의 집과 공존하고 있다.
지극히 평화롭게.

더 친절해진 카툰 독서 입문서

★ 인문 · 교양 · 실용편 추천 리스트

1. 당신의 고민을 들어드립니다

- 김동영, 〈나만 위로할 것〉, 달, 2010.
- 김연수, 〈지지 않는다는 말〉, 마음의숲, 2012.
- 김현진, 〈뜨겁게 안녕〉, 다산책방, 2011.
- 김현철, 〈울랄라 심리 카페〉, 추수밭, 2013.
- 안보윤, 〈모르는 척〉, 문예중앙, 2013.
- 에릭 메이젤, 강순이 옮김, 〈가짜 우울〉, 마음산책, 2012.
- 이병률, 〈끌림〉, 달, 2010.
- 최지운, 〈옥수동 타이거즈〉, 민음사, 2013.
- 후지와라 신야, 강병혁 옮김, 〈돌아보면 언제나 네가 있었다〉, 푸른숲, 2011.
- 후지와라 신야, 이윤정 옮김, 〈티베트 방랑〉, 작가정신, 2010
- 후지와라 신야, 김욱 옮김, 〈동양기행〉, 청어람미디어, 2008
- 후지와라 신야, 김욱 옮김, 〈아메리카 기행〉, 청어람미디어, 2009

2. 상상력이 빈곤해진 당신을 위하여

- 박세연, 〈잔〉, 북노마드, 2012.
- 서경식, 김석희 옮김, 〈청춘의 사신〉, 창비, 2002.
- 서경식, 박이엽 옮김, 〈나의 서양미술 순례〉, 창비, 2002.
- 서경식, 한승동 옮김, 〈나의 서양음악 순례〉, 창비, 2011.
- 앤 패디먼, 정영목 옮김, 〈서재 결혼 시키기〉, 지호, 2002.
- 조던 매터, 이선혜·김은주 옮김, 〈우리 삶이 춤이 된다면〉, 시공아트, 2013.
- 줄리아 로스먼, 이지선 옮김, 〈아티스트의 스케치북〉, 아트북스, 2012.
- 차유진 외, 〈반려식물〉, 지콜론북, 2013.
- 토드 셀비, 정신아 옮김, 〈우리집, 구경할래?〉, 앨리스, 2011.
- 폴 스미스·올리비에 위케르, 김이선 옮김, 〈폴 스미스 스타일〉, 아트북스, 2012.

3. 나 좀 안아주라

- 밀란 쿤데라, 이재룡 옮김, 〈정체성〉, 민음사, 2012.
- 에이모 토울스, 김승욱 옮김, 〈우아한 연인〉, 은행나무, 2013.
- 엘리자베스 헤인스, 김지원 옮김, 〈어두운 기억 속으로〉, 은행나무, 2012.
- 요나스 요나손, 임호경 옮김, 〈창문 넘어 도망친 100세 노인〉, 열린책들, 2013.
- 크레이그 톰슨, 박여영 옮김, 〈담요〉, 미메시스, 2012.
- 크레이그 톰슨, 박중서 옮김, 〈만화가의 여행〉, 미메시스, 2013.
- 크레이그 톰슨, 박중서 옮김, 〈하비비〉, 미메시스, 2013.
- 타라 파커포프 홍지수 옮김, 〈연애와 결혼의 과학〉, 민음사, 2012.
- 히라노 게이치로, 김효순 옮김, 〈책을 읽는 방법〉, 문학동네, 2008.
- 장크리스토프 그랑제, 이세욱 옮김, 〈검은 선〉, 문학동네, 2008

4. 소소하고도 특별한 오늘

• 노석미, 〈서른 살의 집〉, 마음산책, 2011.
• 마쓰오카 세이고, 김경균 옮김, 〈창조적 책읽기, 다독술이 답이다〉, 추수밭, 2010.
• 아사오 하루밍, 이수미 옮김, 〈3시의 나〉, 북노마드, 2013.
• 엘리엇 부, 〈자살을 할까, 커피나 한 잔 할까〉, 지식노마드, 2012.
• 카밀리앵 루아, 최정수 옮김, 〈소설 거절술〉, 톨, 2012.
• 패티 스미스, 박소울 옮김, 〈저스트 키즈〉, 아트북스, 2012.
• 윌리엄 골딩, 안지현 옮김, 〈피라미드〉, 민음사. 2013.
• 앤토니언 수전 바이어트, 윤희기 옮김, 〈소유〉, 열린책들, 2010.
• 존 파울즈, 정영문 옮김, 〈마법사〉, 열린책들, 2010.
• 제인 오스틴, 이미애 옮김, 〈엠마〉, 열린책들, 2011.

5. 나는 점점 성장하는 중이다

- J. D. 매클라치, 김현경 옮김, 〈걸작의 공간〉, 마음산책, 2011.
- 에드거 앨런 포, 김상훈 옮김, 〈도둑 맞은 편지〉, 바다출판사, 2010.
- 에드거 앨런 포, 홍성영 옮김, 〈우울과 몽상〉, 하늘연못, 2002.
- 요네하라 마리, 김석중 옮김, 〈교양 노트〉, 마음산책, 2010.
- 요네하라 마리, 노재명 옮김, 〈팬티 인문학〉, 마음산책, 2010.
- 요네하라 마리, 이언숙 옮김, 〈대단한 책〉, 마음산책, 2007.
- 이석원, 〈보통의 존재〉, 달, 2009.
- 제프리 베넷, 이강환·권채순 옮김, 〈우리는 모두 외계인이다〉, 현암사, 2012.
- 쥘 베른, 김석희 옮김, 〈해저 2만 리〉, 열림원, 2007.
- 허먼 멜빌, 강수정 옮김, 〈모비 딕〉, 열린책들, 2013.
- 허먼 멜빌, 하비에르 사발라 그림, 공진호 옮김, 〈필경사 바틀비〉, 문학동네, 2011.
- 허버트 조지 웰즈, 하창수 옮김, 〈마술 가게〉, 바다출판사, 2010.
- 루이자 메이 올콧, 유수아 옮김, 〈작은 아씨들〉, 펭귄클래식코리아, 2011.
- 에밀리 디킨슨, 윤명옥 옮김, 〈디킨슨 시선〉, 지만지, 2011.
- 윌리엄 포크너, 김명주 옮김, 〈내가 죽어 누워 있을 때〉, 민음사, 2003.
- 어니스트 헤밍웨이, 김욱동 옮김, 〈노인과 바다〉, 민음사, 2012.
- 너대니얼 호손, 곽영미 옮김, 〈주홍 글씨〉, 열린책들, 2012.
- 월트 휘트먼, 허현숙 옮김, 〈풀잎〉, 열린책들, 2011.
- 로버트 프로스트, 이상희 옮김, 〈눈 내리는 저녁 숲가에 멈춰 서서〉, 살림어린이, 2013

THE END